一公升的眼淚

木藤亞也　著
明珠　譯

高寶書版集團

CONTENTS

14歲——我的家人

瑪麗死了

今天是我的生日，我真的長大了。
感謝爸爸媽媽，我會努力再努力，要得到好成績、讓身體更結實、不再胡思亂想……我的青春才正要開始，更要用心珍惜，不留悔恨才對。
後天就要去露營了，如果不好好用功，也沒辦法玩得安心吧。
亞也——加油、加油！
瑪麗被鄰居養的大狗「老虎」咬破了頭，死了。瑪麗雖然身體小小的，但卻很想親近高大的「老虎」，搖著短短的尾巴迅速向牠奔了過去。
雖然我拚命高喊：「瑪麗，不要！快回來——」但最後還是……
瑪麗還沒來得及說任何話就死了，想必牠的心裡也很不甘心吧？才剛出生不久，怎麼想得到自己會這麼早就死了？
瑪麗……希望你在另一個世界能過得快樂！
新家蓋好了！二樓東側的大房間，是我和妹妹的城堡。潔白的天花板、茶色的牆壁，隔著窗戶觀望外頭的景色，和平常的感覺都不同了。有了屬於自己的房間雖然很開心，但是空間太大反而感覺有點寂寞，今晚搞不好會失眠吧？

帶著嶄新的心情出發囉！

一、今天的打扮是：T恤和褲子（便於活動）；

二、每天的功課是：到庭院澆水、除草；看看家裡唯一一棵番茄樹葉上有沒有長蟲；也要注意菊花葉子裡有沒有油蟲；有的話就要馬上清除。

三、功課不可以偷懶；

四、除此之外，還要把每天作過的事情，都原原本本寫在日記裡。

以上的事，每天都要做到！

我的家人

我的爸爸：四十一歲。容易為了點小事就激動起來，但個性很溫柔。

我的媽媽：四十歲。我很尊敬她，但是一眼看穿我的心事這種本領卻很可怕。

我：十四歲。剛開始進入青春期，是最容易出問題的年齡。要用一句話來說的話：我是個愛哭鬼。是個感情特別豐富、很單純，說氣就氣，說笑就笑的人。

我的大妹：十二歲。這個妹妹無論在念書或是個性上都很不服輸。不過，最近好像收斂了不少。

我的大弟：十一歲。是有著恐怖潔癖的小鬼。為了這小子，有時候我只得扮演他大哥的角色。他就像是小黑（狗）的親生父母一樣。

我的小弟：十歲。想像力異常豐富，但做事有點隨便。

我的小妹：兩歲。她有媽媽的鬈髮和父親的容貌（特別是眼睛，角度就像八點二十分），非常可愛。

15歲——忍受病魔

初兆

最近不知道為什麼日漸消瘦下去。

是因為堆積如山的功課和報告所以沒吃飯造成的嗎？好煩喔，雖然擔心但自己卻又無能為力。不過現在一味責怪自己也沒有意義，只是平白消耗能量而已，真想再稍微長胖一點……從明天開始，為了使計畫表不變成空談，我要好好加油！

雨淅瀝嘩啦地下個不停，手上提著笨重的書包和手提袋，更要命的是還得拿傘，我最討厭這樣上學了。

「好討厭喔……」我心裡才這麼想，突然就一頭栽倒在離家百米左右的狹窄小石子路上。下巴受了重傷，才輕輕一碰，血就瞬間狂湧了出來。我抓起散落在地面的書包和雨傘，一瘸一拐地返回家中。

「又忘記拿東西了？再不快點小心遲到哦！」媽媽邊說邊從房裡走到玄關來。

「妳怎麼了!?」

我沒有說話，只是一直哭泣著。

媽媽以最快速度用毛巾幫我把充滿血污的臉和手包紮妥當，可是劃破的傷口裡早已滲入了砂子。

「傷成這樣要趕快去看醫生……」媽媽說完急忙幫我換下淋溼的衣服，在傷口處敷上止血貼布，發動車子火速駛向醫院。

傷口連麻醉藥都沒打，只縫了兩針就搞定了。因為是自己闖的禍，所以我忍痛咬緊牙關，一聲痛都沒喊。與受傷相比，我倒是想跟不得不因此請假的媽媽說對不起。

對著鏡子一邊觀察下巴疼痛的傷口，我想：大概是我的運動神經太遲鈍，所以倒下時雙手才沒有支撐住前方。

所幸下巴都還完好，沒什麼內傷，不然我還是未婚少女呢，要是在臉上明顯的地方留下傷痕，那我要怎麼嫁人呢？

我的體育成績：

國一＝3　國二＝2　國三＝1

真是不甘心！難道我努力得還不夠嗎？原本很期待利用暑假作些基本的鍛鍊運動，現在看來又泡湯了。不過對我這種三分鐘熱度的人而言，這本來就會變成理所當然的事（心裡的聲音＝沒錯！）。

今早，裝有黃色花邊窗簾的廚房裡充滿耀眼的光線和微風，但我卻哭了。

因為今天學校有平衡木的考試。

「為什麼只有我的運動神經這麼遲鈍？」

「別擔心，妳只要好好用功念書，將來選一門自己喜歡的學科就夠了。妳的英文成績不是不錯嗎？這樣才更要好好學習啊。英語是國際化的語言，以後一定有用得著的地方。至於體育嘛……成績好壞都無所謂。」媽媽垂下眼對我說道。

我聽完後止住了眼淚，將悲傷留在心底。

不能總是這麼容易就流眼淚。

我的身體，不能隨心所欲地活動了。是因為一天沒有花上五小時做完該做的作業才感到焦慮嗎？不……不對，好像是我的身體裡某個部位出問題了。

我好害怕！

我拚命想著所有我想做的事……想運動、想跑到自己跑不動為止；我想學習，想要寫出很漂亮的字！

〈淚的觸技曲〉那曲子歌好棒喔，我真的很喜歡。吃飯時聽這首歌，感覺連味道都會變得像夢境一樣好吃！

「妹妹」論。

到現在為止，我一直很不喜歡妹妹的任性，但今天我終於感覺到——其實她也是很溫柔的。我會這麼說，是因為今天早上上學時，老弟把我丟在後面自己跑得遠遠的，但妹妹卻陪著落後的我走了一段路。通過高架橋的時候，她還幫忙拿我的書包，對我說：「抓穩扶手再爬喔！」

酷暑裡飄來陣陣清爽的涼意。

晚飯後收拾完畢，我正準備上二樓的時候，媽媽對我說：「亞也，過來這邊坐下。」

她一本正經的表情嚇得我以為做錯事要挨罵，心裡緊張得不得了。

「我看妳最近上半身老是傾斜，走起路來，左右平衡也保持得不太好，老是搖搖晃晃的。妳自己沒有發覺嗎？媽媽看見妳這樣子很擔心，我們去醫院檢查一下。」

我沉默良久才問道：「……哪裡的醫院？」

「我會替妳找一間願意仔細檢察的醫院，妳放心，交給我吧。」

我的淚水還是忍不住流了出來。我真想說：「謝謝媽媽，抱歉害妳擔心……」然而喉嚨卻哽咽了，無法順利說出想說的話。

是我的運動神經遲鈍？是因為熬夜？或是吃飯不規律？即使自問自答，但結果都是得去醫院，我的身體果然是哪個環節出了問題。一想到這裡我又哭了，哭到眼睛都痛了。

看病

I go to the hospital in Nagoya with my mother.（我和媽媽一起去名古屋醫院。）

我們上午九點出發去醫院，雖然妹妹身體有點不舒服，不過因為我的關係，還是只能送她去幼稚園，可憐的妹妹……

我們在十一點到達醫院（國立名古屋大學附屬醫院）。等了快三個小時，雖然一直在看書，心裡還是很緊張。不安和擔心始終伴隨著我，讓我無法提起精神。

媽媽溫柔安慰我：「我已經打過電話給祖父江逸郎醫生了，妳不要緊張。」

一會兒終於叫到我了，心臟撲通撲通地直跳。

媽媽告訴醫生我的症狀：

一、跌倒時下巴受傷（普通人跌倒時都會用手支撐，但我卻是直接以臉撲地）；

二、走路不穩（膝關節彎曲幅度太小）；

三、逐漸消瘦；

四、動作遲鈍（不夠靈敏）。

我聽著媽媽的敘述，連自己都感覺害怕起來。媽媽每天忙碌於工作和家庭，想不到觀察竟然會如此入微，果然什麼事都瞞不過她的眼睛……

不過這樣一來，我反而安心了。因為在我獨自煩惱身體狀況的同時，媽媽早就細密地一一察覺異狀，並幫我告知醫生，這樣一定有辦法解決的。

我坐在圓椅上看著醫生，他戴著眼鏡、面帶微笑的模樣讓我鬆了口氣。我聽從醫生指示閉上眼張開雙臂、以中指自指、用單腳站立、躺在床上伸曲雙腿、醫生用小錘子輕敲我的膝蓋，好不容易……木偶戲般的診察終於結束了。

「先做個CT吧。」醫生說。

「亞也，這種檢查不痛也不癢，只是用機器照出腦部橫切面的影像以確認病情而已。」媽媽說。

「咦——橫切!?」

做CT對我而言可是生平第一件大事，我看著巨大機器緩緩升起來，接著就像在太空船裡一樣整個罩住我的腦袋。

「別亂動，如果想睡一覺也沒關係。」

聽到穿白衣的人這麼說，我明白檢查需要很長的時間，於是我真的睡著了。

在漫長的等待後，我們終於拿著醫生開的藥踏上歸途。

現在，我每天又多了一項新任務——吃藥。如果吃藥就會好，即使每天肚子被一大堆藥丸塞得滿滿的，我也不會有怨言。醫生，拜託你了！亞也含苞待放的人生不想提早凋謝，請您一定要幫幫我！

醫生說因為醫院離我家太遠，再加上我還在學中，所以只要一個月去一次就行了。我一定會遵守醫生的話，乖乖聽您的囑託。醫生拜託，無論如何，請治好我的病！

日本第一的名古屋大學！祖父江醫生！拜託您了。

悔悟

夏天的橘子是青陵中學唯一擁有的收穫物。我去幫橘樹除草的時候，聽到男生們都在嘲笑我走路的姿勢。

「你們看！她走路好像幼稚園小孩喔！」

「哦耶耶，小螃蟹，橫著走！」

雖然他們笑到人仰馬翻，但我當然都默默不加理會。想激我和你們對罵，再等一百年吧……忍住眼淚真的好辛苦，但是，我沒有哭……

今天發生一件讓我好不甘心的事。

今天的體育像往常一樣，我換好衣服後急忙前去操場集合。

「今天的課程是長跑，目標是一公里外的公園。然後在那裡進行籃球的基本訓練。」

聽完老師的話，我簡直是五雷轟頂！長跑、籃球……不行，這些事我做不到……

「木藤同學，妳怎麼了？」

我低頭不語，於是老師繼續說：「好吧，妳和O同學一起回教室自習吧！」（O同學那天是因為忘了穿體育服。）

老師剛說完，同學瞬間一陣譁然。

「哇——自習！好幸福耶——」

我立刻火冒三丈，胸中怒火沸騰：「你們如果覺得自習幸福的話，那我們就交換啊！哪怕只要交換一天身體也好，你們才會明白有心無力的人是什麼的心情！」

走路時，不對！應該說每邁出一步，我的身體都搖搖晃晃的。大家做得來的事只有我做不到，這種不甘心的感受之深，根本無法用語言來形容。沒有切身體會的人，哪能理解我的心情呢？可是，即使他們感受不到，哪怕只是稍微閃過的念頭，我都希望他們能體會我的立場。

但我轉念一想，太難了。拿我自己來說，不也是變成現在的樣子之後，才開始有所體會的嗎？……

發燒

我好像感冒了。雖然有點小發燒，但心情還不錯，食欲也不差。可是，我已經失去對身體的信心了。

我想要一支體溫計（原來的那個摔壞了），想要根據數字來確認身體的健康。拜託爸爸買一個好了。

我常常生病，在家裡的開銷多出弟妹將近一倍以上。等我長大、身體變得更健康，一定會加倍還給爸媽。父母的關心，除了孝順之外應該也無以回報吧。

睡前我想了很多事。包括上社會課時，老師說的話。

被別人欺負，是使自己更堅強的最好體驗。對國中生來說，與其每天埋頭苦讀，不如認真學通一門知識。即使現在才開始應該不會太晚。我也要努力試看看吧……想到這裡，我忍不住又想起身體的不適及心情的不安。

「膽小鬼，不能哭！」就是因為痛苦才能使人成長，只要挺過艱難的今天，一定能迎接明天晴朗的早晨。那個旭日初昇且燦爛、充滿清脆鳥鳴聲和玫瑰花香，一個多姿多彩的早晨……

所謂幸福，究竟在哪裡？

所謂幸福，究竟是什麼？

「亞也，妳現在幸福嗎？」

「正好相反。現在的我正處於深不見底的無限悲哀裡。好痛苦，不管是精神或身體……」

實際上，我現在距離崩潰只有一步之遙！因為，就連烏鴉猶如哭泣般的聒噪叫聲，在我聽來都感覺像在笑。

個性

我是個毫無個性、只會胡思亂想的人。所以我很羨慕那些個性堅強的人。這個世界上每種人的性格各異，不同性格的人互相交織，才會讓彼此感受到這麼強烈的魅力。

我們生活的社會，或許就像《007》電影演的一樣，各自憑藉個性和專長生存在世界上也不一定。這個世界，需要個性堅強的人存在。只是，個性屬於自己，不用擅自強加於他人身上。

然而，人類卻有各自不同的解讀方式，才讓事情變得更複雜。

放學時，我在腳踏車停車場遇到惠子。她看到我手裡拿著《大和》與《最後的音樂會》兩張唱片，於是幫我把笨重的書包放進腳踏車前面的籃子裡。

之後，惠子告訴我她還有事，於是我們就在天橋下說再見。

我最喜歡惠子這種乾脆俐落的做事方法，但在別人看來，她的態度總讓人感覺過分冷淡。

志願

在個人母姊會上，老師、媽媽和我正在舉行三方會談。

一、靠實力＝成功考入公立高中，繼續升學；二、身體狀況＝現在只是走路感覺不穩，以後究竟如何發展暫時還無法估計。有鑑於此，最好選擇離家近的高中方便上學。由於現在施行的是聯考制，所以必須在考前提出申請書，充分寫明理由。三、捨難求易，考私立（高中）＝無論媽媽或我，目標都只有公立高中，但為了保險起見，最後仍決定兵分兩路，萬一公立沒考上，也能留一條退路。

畢業

明朗而清楚　鮮花即是鮮花　飛鳥即是飛鳥　汞二

這些詩句寫在漂亮的彩色信箋上，岡本老師還在背面寫上「恭喜木藤同學畢業了！」這些都只送給亞也一個人……我好開心！

老師的外表雖然看起來很可怕，但實際上是一位喜歡花草的溫柔老師。

我發自內心向老師道謝，臉上洋溢感謝的微笑。請老師教我這首詩歌的內在涵義。

「這個嘛……所謂『明朗而清楚』，指的是直截了當的意思；『花』是人為其命名的花；『鳥』指的是空中的飛鳥。」

天空泛滿一片蒼藍，校舍屋頂上的青瓦綠樹散發濃郁清新的氣息，我彷彿全部都感覺到了。

雖然詩歌的涵義充其量我只理解一半，但我已經充分體會老師對我的激勵——「加油」。我也該表現出「沒問題」的樣子！

「妳猜那些字是用什麼寫的？」

「好像不是普通的筆……」

老師咧嘴笑了起來：「其實，那是用咬成鬚狀的牙籤寫的，用的是最上等的墨和硯臺哦！」

老師的創意真是讓我感動不已。

「妳知道有種掛在牆壁上的卡片裝飾緞帶吧？」

「是的！」

老師聽完微笑地走了。

畢業典禮當天，想不到會有如此特別的遭遇，真是讓我相當難忘。從今之後，這個禮物一定會成為我心靈的支柱。

公立入學考試

今天早餐還是吃蘿蔔湯（蘿蔔日文發音與成功相近），私立入學考那天也是。這些不是我刻意要求的，但是如果這樣就能順利通過考試，要我喝一輩子蘿蔔湯我都願意。

不過大概是湯喝太多了，媽媽開車送我去豐丘高中的考場時，我中途還去了兩次廁所。

陸續進來的考生們，每個看起來好像都很聰明，緊張的氣氛瀰漫在整個考場裡。

大家根據老師的指示分別走進各自的考場，但是我在上二樓的途中，不小心一個踉蹌扭傷了腳，結果只好孤零零的在保健室裡考試。我真慘，真是慘到一個極點了。

我把從媽媽那裡借來的手錶舉到耳邊，感覺很安心。

出發

太棒了！我順利考上了！媽媽和我都高興得熱淚盈眶。此後我要充分發揮實力，交更多的朋友，還要小心別跌倒，加油！

晚飯是我最喜歡吃的漢堡！

嘿嘿，我覺得自己好像一下子變成家裡的主角。之前鞭策自己不能隨心所欲的身體，以及拚命用功的疲憊辛苦，現在一下子都消散了。我的心飄飄然，心情好得不得了！

但是，我原本就有許多異於常人的地方，我也開始擔心行動不便會引來異樣的眼光；有時走起路來搖搖晃晃的，即使眼看就要撞上對方，也沒辦法立即閃開。所以我還是走學校裡有扶手的地方吧。這樣一來，新朋友的目光都會聚集在我身上了吧？反正她們遲早都會知道，也沒有隱瞞的必要，還不如一開始就讓大家知道好了。

……我的腦子裡雖然這麼想，但心裡還是感覺很不安。我真的能和正常人一起生活嗎？上體育課時又該怎麼辦呢？

媽媽的一句話

「往後的高中生活絕對不會一帆風順。每天的移動和自由都會受到限制，和其他同學間也會有明顯的差別……痛苦的事想必還很多。但是，活在世界上的每一個人，又有誰是完全沒有煩惱呢？誰不是咬緊牙關，忍耐再忍耐地頑強生存下去？妳不能總覺得只有自己最不幸，應該要想想，比妳更不幸的人還多著呢！這樣一想，好像就可以再繼續加油了，對嗎？」

我聽了之後恍然大悟。媽媽所承受的痛苦，一定比我的還多。她必須擔心其它更困擾、更痛苦的人，因此得拚命地工作著，和這麼偉大的媽媽相比，我的不滿又算什麼？我要繼續堅強下去。為了爸媽、為了我自己、為這個社會，我決心對漫長的人生充滿希望，從今以後更加努力地活下去。

住院

今天是升高中後的首次看診，即使開車走東名高速公路，到醫院也需要花上二小時，於是清晨一大早，我們就出發了。在看診前，我把要告訴醫生聽的事全部做成筆記：

一、走路變得越來越困難，只要拿著東西走路就肯定跌倒。抬腿也感覺變得更吃力，特別是早上剛起床的時候。

二、如果飯吃得太急或是喝茶時，很容易噎到。

三、總是莫名其妙的獨自發笑（感覺像傻笑，每次都被弟弟問：「什麼事這麼好笑？」自己才突然發覺）。

四、我究竟得了什麼病？

和往常一樣，經過漫長的等待後，祖父江醫生和其他三位年輕的醫生一起幫我檢查。大概是為了檢查運動神經和反應吧，醫生又是敲打，又是曲腿、伸手、走路，例行診斷一貫如此。

媽媽拿著我的筆記本逐條告訴醫生，在學校裡也要同學幫忙才能順利上下學的事也都如實告知。

診斷完畢後，醫生建議我們：「還是利用暑假住院檢查一下，這樣才能做更精密的檢查和治療，回去時記得辦理住院手續哦。」

啊——？住院。有這麼誇張嗎。不過如果住院能讓我的狀況有所好轉，我願意接受醫生的建議。只是，我的身體究竟怎麼了？有什麼地方不對勁嗎？我好害怕……如果不快點治療是不是就沒救了？

我的第四個問題，醫生說住院後再告訴我答案。

回程的車上，我問媽媽：「名大（名古屋大學附屬醫院）是好醫院嗎？我的病能治好嗎？這是我升高中後的第一個暑假耶，我還想做很多很多事，希望住院的時間能越短越好。」

「亞也，從今天開始，別忘了把身體不正常的地方寫在筆記本上。不管是多麼輕微的症狀，都要記得和媽媽說，這樣才會有助於治療。如此一來，搞不好住院期間真的能縮短也說不定。妳就把住院當作人生必須經歷的過程，把它當作記憶中一個難得的體驗。還有，媽媽只有每個週日才有空去看妳，別勉強自己洗太多衣服哦。我會幫妳買很多替換的內衣，等等回家後要記得提醒媽媽其他要準備的東西哦。」

途中路過岡崎轉車時，我們順路去探望阿姨。聽媽媽說完事情的經過，阿姨哭著回答媽媽：「不管如何一定要治好，名大醫院如果不行我們就去東京、去美國、去找能夠治好亞也的地方！」

阿姨說：「亞也，要早點康復哦。這時代不管什麼病都有得治，再加上妳還那麼年輕……可是，妳一定要有『治好』的決心。如果只會掉眼淚的話，再有效的藥也起不了作用。阿姨一定會多抽時間去看妳，有事就打電話，就算是要我飛我也會趕過去的。妳什麼也不必擔心，加油哦！」

她邊說邊拿起一張紙巾對我笑道：「鼻炎發作了還喝飲料，搞得眼淚和鼻涕全喝進肚子裡了，真沒辦法。」

接下來還有兩個月，時間停止吧！連同亞也的病一起停止吧！

16歲——苦惱的開始

住院生活

初次離家的生活開始了。

我和一個大約五十歲的阿姨共住雙人病房，媽媽反覆說了許多遍：「請多關照。」我也跟著不斷低頭行禮。眼前的景物盡是一片蕭條淒涼，我未來的生活到底會變成怎麼樣呢？很擔心，也很緊張。

傍晚，我和阿姨一起去散步，坐在櫻花樹下的長椅上，可以看見花與葉之間閃爍的光線。雖然我的近視太深看不清楚，但這樣反而感覺綠葉和白光交織出的「朦朧美」，以及使綠葉自然隨風搖擺的「變化」。

醫院的生活現在大抵也習慣了，只是九點熄燈、四點半吃晚飯的規定，還是早得太誇張了。就這樣時間飛快流過，日子如流水般匆匆地消逝著。

肌電圖（超痛）、心電圖、X光、聽力檢查……每天都得做這麼多檢查，我就像迷路的孩子被人領著，在寬廣的醫院中東奔西走。但是我不想被丟在光線陰暗的走廊裡，那樣一來，就連心情也會跟著消沉起來。

「差不多要打特效針囉。」山本纊子醫生（現在是藤田保健衛生大學神經內科的教授）說。為了比較注射前後的效果，步行、上下臺階、觸碰開關等動作，都要用十六釐米的照相機拍下來。

將來，我會變成什麼樣子呢？不，應該是能變成什麼樣子呢？

條件有：

一、不活動身體也能做的事；

二、只須動腦的事；

三、收入要穩定。

太難了。去哪裡才能找到同時滿足以上三個條件的工作呀？

好幾位年輕的醫生一起指揮我的身體動作。

「腳尖著地！」「閉眼站立！」「這個動作，做得到嗎？」……就連骨盆也有所謂的身體動作。

最後竟然還說一句：「有趣嗎？」

討厭，真受不了他們。我又不是木偶，真想大聲喊叫：夠了吧！

期待已久的星期天！媽媽和妹妹來看我了，大家一起去屋頂收起晾乾的衣服。美麗的藍色天空很美，白雲也漂亮得不可思議。微風雖然夾雜絲絲涼意，但我的心情卻很愉快。感覺終於又重返久違的人間。

今天抽取脊髓液供醫生診斷。頭好痛。真的好痛。難道是打針的關係嗎！

小美一家人（媽媽的弟弟）來看我了。舅舅的眼睛紅紅的。似乎想說什麼，卻又什麼都沒有，只是一直盯著我瞧。

「舅舅的工作注定成天風吹日晒的，昨夜回家太晚，今天起得又早，現在臉色看起來很嚇人吧？」舅舅說道。

真的是黑得令人同情，而且眼睛就像兔子一樣，紅紅的。怎麼看都像是剛剛哭過一樣。

「亞也，加油哦。下次我帶禮物來給妳。妳想要什麼？」

我拜託舅舅：「我想要書。莎岡的那本《日安，憂鬱》，我從前就一直想看了。」

今天我前往位於地下室的物理治療科。

P.T. 川端和今枝（**P.T.** 就是物理治療）出題測試我的基礎學科。

我當時說的話非常愚蠢，比如：「國語和英文是自己最喜歡的科目，所以我有絕對的自信」、「我的成績一直很不錯」……諸如此類的廢話說了很多……算了，沒必要再重複了。我之所以會對成績如此自信，是怕萬一功課不好說不定會流落到搶銀行……

而且我說自己聰明、功課好可不是空穴來風。這可是從家裡到學校大家都公認的事實。不信的話，可以看看成績單上的分數。

聽說學生時代的P.T.川端很喜歡惡作劇，不過……這樣也比我好，至少他很健康。

而我這個年紀，為什麼身體會變成這個樣子……想著想著，眼淚不自覺流了下來。到此為止，我實在寫不下去了。把想寫的東西寫出來，心情好像也愉快許多。

研究

一直以來，我之所以拚命念書，是因為除此之外我什麼都不會。如果挖空我腦中所有的知識，大概也只剩下殘缺的身體而已，我不希望這種事真的發生在我身上。

好寂寞、好難受，這就是現實嗎！我寧願用聰明的頭腦去換回一個健康的身體。

〈其一〉測試：以手觸碰面板上閃爍的星星。

注射前：R（右）12次，L（左）17次；

注射3分鐘後：R（右）18次，L（左）22次；

注射5分鐘後：R（右）18次，L（左）21次；

〈其二〉復健運動

（1）雙手與膝蓋著地

移動重心（如同畫半圓）；

〈旋轉骨盆部位〉

↱雙手與膝蓋著地時↲ ↱復原時，↲

曲膝→旋轉骨盆→手撐地→旋轉骨盆→抬高手臂

＊這時的腳不能動，肩胛骨不可往內轉。

（2）反射運動　抬高腿時以手撐地。跌倒時這種運動會很有幫助。

肩胛骨往內轉，將重心置於後方。

（3）手部擺動運動　雙手前後擺動，試著活動骨盆。

右手往前＝右骨盆向後

右手往後＝右骨盆向前

也就是說：走路時邁左腿伸右手，邁右腿伸左手。可是我的情況卻總是邁左腿伸左手，邁右腿伸右手。奇怪，我竟然會同手同腳。

（4）雙手與膝蓋著地的動作完成後，以膝蓋起身。

（5）矯正動作：兩手臂向後伸展，讓醫生的膝蓋頂在背上，藉此扳直脊椎。

（6）基本動作練習：伸右手↓邁左腿↓伸左手↓邁右腿，腳往前踏出。簡單的走路姿勢，可是對我而言卻很困難。

（7）起立。

事先聽山本醫生說：「今天有個叫K的孩子也要住院，他和亞也得的是同樣的病哦。」但是，我沒想到竟然會在走廊碰上他。

男孩的年紀不大，頂多是小六或國一，他給我的感覺相當活潑開朗，很難想像看起來這麼清爽的孩子，身體也會不好。

「希望打針會有效，你要快點好起來哦！」我發自內心聲援他。

剛打完針後，雖然頭痛加上心情不好，但不知道是藥物生效還是習慣了，疼痛的感覺已經比以往減輕許多。

接下來是錄音，大概是要測試喉嚨、舌頭等發聲器官的運動神經吧？

山本醫生說：「復健很重要哦！」雖然我一直努力激勵自己加油，但還是感覺很辛苦。媽媽，不正常的我又想哭了……

在烈日炎炎的屋頂上，醫生用十六釐米的照相機幫我拍攝照片，身體感覺好難受。**P.T.** 川端說，我還是在用機器人的姿勢走路。我聽了好傷心。

早上吃藥時，**P.T.** 川端跟我聊起他小時候的故事。

「我站在屋頂上朝下面小便，從背後用力攻擊老師的後腦勺！」

真猛的惡作劇……雖然我無論如何也不會做這種事，但聽著聽著，自己也真想有機會試著做一些另類的事。不過我也有自己的特技哦，我可以一把抓住停在樹幹上的蟬！

不過是因為我把蟬蛻下的皮當成蟬了……

看來惡作劇還是男孩子的專利吧。

我發燒發到三十九．二度，不會就這樣死掉吧？不，我絕不屈服！我好想念媽媽和家人……

可惡！關鍵時刻我總是這麼沒用，精神和肉體的不平衡，到底要什麼時候才能脫離？這樣下去，我簡直害怕想像長大以後的未來。今年，我十六歲。

再打完幾針，注射療程就結束了，接下來就可以辦理出院手續。

如果普通人終於熬到這裡，肯定心情愉快直呼萬歲，但我卻不一樣。剛開始注射療程時，副作用很明顯（噁心、頭痛），雖然醫生稱說藥物生效了，但對於期待變回從前活蹦亂跳的我而言，我並不覺得藥物在我身上有什麼效果。

現在除了學生手冊之外，我身上又多出一本殘障手冊（三級）。我身體中支配運動神經的小腦細胞，似乎因為某種原因變得無法正常運作。據說這種病，一直到百年前才第一次被發現。

病魔為什麼選上我？我不想相信這是所謂命運的安排！

第二學期

媽媽的教訓＝動作遲鈍不要緊、笨手笨腳也無所謂，關鍵是正確的姿勢，必須要全力以赴做到。

雖然我想說：我一直都很認真啊。但實際上，我的行動或許認真，但內心卻時常感到很沮喪。

開學典禮後，媽媽和老師談過了。

一、經過住院治療後病情雖然有些改善，但因為極難醫治，要完全恢復很困難；

二、日常移動及其他課外活動時，可能會給同學添麻煩，關於這一點，希望老師多多關照。接下來的時間，或許還會有其他新的狀況發生，希望老師能讓她做力所能及的事。

媽媽幫我做的事：

一、拆散教科書，每天只帶必要的上學。買一本活頁筆記本，如此一來可以依照類別迅速查找想要的資料；

二、將現在手提式的書包，更換成背帶式，以減輕身體負擔；

三、上學正值交通尖峰期，為避免危險發生，我從家門口搭乘計程車前往學校，放學後再視情況選擇搭公車或是計程車。

媽媽說：「不用勉強自己哦。我會先和計程車公司說好了，妳也不需要付錢給他們。」

媽媽為我做到這種地步。我真是個浪費錢、又會添麻煩的女兒。對不起。

不祥的十三號

我都在學校的正門前搭公車回家。在旭橋下車後，步行走過人行道，再前去下一個公車站轉車。信號燈轉綠時天空下起了小雨，一個小學模樣的男孩慷慨地跟我一起撐傘，我為了跟上他而加快腳步，這時一個不小心，身體向前傾倒，我摔跤了……

血從口中湧出，因為雨水而溼淋淋的柏油馬路被我的血逐漸染紅。一想到這樣大量出血或許會就此死掉，我壓抑不住害怕傷心大哭了起來。

轉角處麵包店的阿姨飛快跑過來扶起我，她帶我到店裡，用毛巾幫我擦乾血污後，開車送我去附近的醫院。

醫生依照我的學生手冊打電話給學校，值班老師知道後連忙趕來。等到醫生處理完畢後，老師便開車送我回家。麵包店的阿姨、老師，謝謝你們……

我的嘴唇腫到無法見人，門牙竟然折斷了三顆。用手帕往傷處輕輕一碰，竟然一下子又變紅了……

再怎麼說我也是女生，現在折斷了門牙，變得這麼醜，將來要怎麼辦呢？……我的病比癌症還可惡！因為它，我年輕的本錢全部被奪走了！要是不得這種莫名其妙的怪病，現在的我早就可以談戀愛，找個我夢寐以求的帥氣男友。

我已經受夠了！

病重的薰（出自池田理代子漫畫《親親天使心》）說：「因為我愛你！」所以她選擇和心愛的人分手。可是我呢，難道連愛人或被愛的自由都沒有嗎？

夢中的我，可以自由活動、走路、奔跑，就像以前一樣自由自在……但是回到現實中一切都消失了。

看到奈奈子即將離家出走的那一段，我心想：如果自己也有這種勇氣就好了。這樣想是不是太沒用了？

我昏睡了一整天，腦子裡想的全是摔倒時的情景。K子打電話問我：「妳沒事吧？」我好高興。不過好像還是得休息一段時間才行。

今天七點半起床，妹妹亞湖要去名古屋。她實在太可愛了，害我忍不住想親她一下。早起好處多多，唯一一塊奶油蛋糕被我霸佔！鮮美的奶油滑進嘴後很快就融化了，好好吃唷——現在的我沒有門牙，吃東西相對變得很不方便，只能囫圇吞棗般地一口塞進去。

明天開始要看牙醫了，我想快點變回亞也原本的樣子。一直擺在桌上的鏡子，就先暫時收進抽屜裡吧。

我和媽媽一起看一本織毛衣的教學書，上面有一件小時候媽媽編給我的白色羊毛洋裝。

「媽媽，妳是照這個範本織的嗎？」

「嗯，過年給妳穿上以後，還替妳綁頭髮、打扮得美美的在玄關拍過照喔。」

那些都是我健康時候的事，現在只要一說起「那時候……」的燦爛兒時往事，總是讓我悲從中來，談話也無法再繼續下去。

關於將來

今天和媽媽談了有關將來的問題。

媽媽說：「妳和那些先天性眼睛、身體有殘缺的人不同，以往健康時能夠做的事，現在都很難從妳的腦海中抹除。人是有感情的動物，從前能做的事現在卻不能做，所以妳的苦惱自然比別人多。從現在開始，妳要和妳的精神比賽。在別人眼中像機器人一樣的廣播體操，對妳而言卻是鍛練，妳是在和自己的精神比賽喔，亞也！無論最後結果如何，為了不後悔，要好好活下去，要相信一定有將來。媽媽知道亞也常常哭，看到那樣的亞也，媽媽真的很不忍心。但是如果不面對現實，不實際站在自己的立場去考慮問題，好好充實現在這段日子的人生的話，未來的生活或許會再也無法站立了。實在是做不到的事，媽媽和弟妹都會盡全力去幫妳，但妳若是發牢騷，或者和弟妹吵架，媽媽還是會毫不留情地責備妳。因為那時的亞也身分是姊姊，是一個和普通人毫無不同的孩子。妳要振作起來，滿懷著愛心和勇敢活下去。即使遭到別人冷眼對待甚至嘲笑妳，也要記得忍耐跟釋懷，就當作是訓練吧。知愛和愛知，愛知縣出生的亞也要像縣的名字一樣，在愛和理解當中成長……」

聽完媽媽的話，我想我對自己現在的病情冷靜了許多。我要向前看，為將來做打算。

「我想當圖書館的管理員，這樣我必須考上大學才行，甚至去考公務員的資格……」

「如果要出門工作有點困難。妳可以想一下尋找能在家上班的工作。比如說學好英文，將來在家翻譯？」

「我還想寫小說……不過，對缺乏社會經驗的人來說似乎有點困難。」

「現在想這些還太早了。妳先想想現在能做的、應該做的事吧。要努力！加油！」

「嗯，我能依靠的，大概還是念書了。」

朋友

我們一起去看夕陽，大大的太陽灑落紅色的光芒……

線香煙火雖然會啪噠一聲瞬間熄滅，但在那一剎那綻放的卻是明亮的光采。好漂亮的色，是蘋果色呢。Y子說：「真的好美喔……」說得真對！在夕陽的映照下，連飛機劃過的雲朵看起來也紅紅的。

我認為，Y子真的是個不錯的人。我問Y子能不能去她家一起念書，但她卻果決地拒絕了我。我原本以為，她一定會毫不猶豫地答應我的。

但換個角度站在Y子的立場想，如果不拒絕而勉強答應，卻又無法配合我的步調念書，結果一定會不愉快吧？因為，我還是欠缺自我控制的能力。

如果我說，是因為身體的問題而影響自我控制的荷爾蒙，這種說法是在逃避吧？可以將心裡真正的想法誠實表達出來，如果聽者也能瞭然於心，那一定是一件令人開心的事。

我的朋友們，謝謝你們讓我站在平等的線上。

S子說：「我現在變得很愛看書，都是受到亞也的影響喔。」

「那真是太好了。」

看來，我也不光是給她們添麻煩……想不到還是有點用處的。

「亞也上次大哭的時候，看起來超可愛的。」

「啊？真的嗎？這樣很怪耶——我第一次聽到有人說我哭的樣子可愛。可是我曾經對著鏡子哭過，怎麼看都不覺得可愛啊。」

「就是因為沒看過亞也那樣的表情，所以才覺得可愛啊。」

「過份耶——」

我強調自己可愛的地方不在臉蛋，而是氣氛，二人聽後再次哈哈大笑。

有朋友真好，真想和她們永遠在一起。

苦惱

「沙利竇邁」[1]的受害女性，順利產下了健康的女兒。尿布緊緊包著她的小屁股，還一邊正在喝著牛奶。這算值得高興的事情嗎？我為什麼還是會感覺不安和擔心呢？

我感覺到右腿的阿基里斯腱變得又直又硬，心裡很難過。

更換教室對我來說可是個大難題。無論是經過長長的走廊還是上樓梯，都得要有人扶我才過得去。不過怎麼努力都注定會遲到，只是有時還會連累朋友一起遲到。

還有，吃便當的時候也很痛苦。眼看大家都可以在五分鐘搞定午餐，同樣的時間我卻只能吃一、兩口。再加上之前還得吃藥，一旦發覺來不及，我就把藥丸全部放入口中，然後和水吞入肚子裡。看看周圍，如果還有人和我作伴，就拚命大口吃飯。可惜就算如此，

1「沙利竇邁」Thalidomide，一九五八年，前西德開發的一種鎮定劑。懷孕初期的女性服用後，會使胎兒罹患四肢畸形症等怪病。

到現在最後一個吃完飯的人還是我。媽媽特地做的便當當然不能隨便丟掉，但時間又不夠用。

每次回家想吃完剩下的便當時，媽媽都會說：「讓小黑好好吃一餐吧，妳晚上多吃點就可以了。」

好可惜喔……我的便當＝亞也＋小黑。

Y子和S就像隨扈一樣和我形影不離，也幫了我許多忙。

「對不起，給你們添麻煩了。」

「我們是朋友嘛。」

她們總是對我這麼說。

雖然說「朋友要相互幫忙」，但在我身上卻是例外。如果沒有她們無微不至的幫助，我根本無法適應學校的生活。

老師們總是鼓勵我說：「要努力朝自己一個人就能走路的目標前進。」我明白這句話的用意。

我的未來只有一條路可走。我沒有選擇的權利，也絕不能指望永遠和朋友在一起。要是抱持和朋友一起就沒問題這種樂觀想法，我今後就會失去自己走路的機會……

好想要去某一個地方喔……想要努力去完成某一件事，想要像瘋子一樣地大吼，也想要用力地狂笑……

想去很多地方。

圖書館、電影院、冷飲店（我喜歡坐在靠窗的位置喝檸檬茶）……但是只靠我一個人，終究哪裡也去不了。縱使再生氣、再不甘心，最後都是無能為力，只能寄託於哭泣。

我真是軟弱，但是卻沒辦法。這兩年我就像是被愛哭鬼附身一樣，怎麼做都無法擺脫它。

現在的我，已經學會不出聲偷偷啜泣了。可是稍微哭一會兒，我的鼻頭就會紅紅的。哭對身體一點好處都沒有，不但累、眼睛痛、鼻塞，還會沒有食欲……

這段時間給大家添了不少麻煩。人與人之間的關係很複雜，並不是說誰對我不好，但誰又能知道自己的背後發生了什麼事？就像我的病一樣。嗚嗚……

我的診斷

我得了躁鬱症、淚腺故障、欲求不滿、恐男症、喪失自信……。我無法大聲說話，腹肌也越來越無力，難道是肺活量減少的緣故?我也不明白原因。

或許是因為行動範圍逐漸狹窄，我都不知道自己究竟想要什麼了。只是單純想做點什麼事，不管是什麼都無所謂。大家總是很親切地對待胡思亂想的我，這樣反而令我更痛苦。

下課去廁所的時候，Y子也跟了過來，為此還遲到十分鐘。「抱歉，對不起。」心裡內疚之餘，更強勁的怒氣也隨之而來。

好氣、好不甘心！為什麼連這種事都無法自己完成!?現在的我和殘障沒什麼兩樣。耳朵聽不見並不是不幸，只是不方便而已。我要未來過得更幸福，就必須擁有和普通人一樣的生存技能！妳才十六歲，還年輕呢，加油！

老師利用班會時間（home room）選出幹部和隊員。全班四十五人，隊員共四十四名。如果把自己想成是多餘的人只會讓自己更難過，就把自己的存在當作是天使好了。我還可以撿起掉在地上的垃圾，關窗戶也沒問題，想做就能做的事現在還有很多。

我快要撐不下去了！

不行，我怎麼可以這樣就放棄呢！只是，無論怎麼努力，怎麼給自己打氣，看到一直朝著目標前進的老師、弟妹還有朋友，就會更加感覺到自己的悲哀。

我獨自去看了場馬拉松越野賽，為了想要從中看到某些感動，但結局反而弄得自己更加沮喪。因為「跑」這個動作對我而言已經成為哀愁的代名詞，朋友漸漸離我遠去，不自由的身體本身就是最大的障礙。

體育課在一旁觀摩時，我讀了自己最喜歡的書。《小姐你好》（草柳大藏）中的故事，感覺和自己的現狀很相似。眼下正在看《十二歲的我》（岡真史），「唯一不能做的就是自殺」，這句話使我產生了強烈的共鳴。

我必須考慮如何生存，而不是胡思亂想「將來會變成怎樣」。

好好想一下步行的方法，該往什麼方向，該怎麼走最適合自己，不勉強自己走不合理的路線，即使是清潔打掃，也該考慮力所能及、最有效率的方法……這些都是應該考量的部分。

我覺得自己真的很可憐。但是，這麼做起碼還有一半的好處，如果不這麼安慰自己，我根本無法做任何事情。

身體逐漸變得更僵硬，是因為天氣變冷的緣故嗎？還是病情進一步惡化了？走路的時候，即使前方有扶手也因無法握緊而跌倒……馬路對我來說已經成了危險的地方，每天上下學都需要媽媽開車接送。在上班途中先送我到學校門口後，抱我下來，扶著媽媽的肩膀走到鞋櫃門口，趁我換穿球鞋（大家都穿室內布鞋）的空檔，媽媽先幫我把書包和便當拿到位於二樓的教室。兩手空空的我便手握扶手，慢慢地走進教室。

放學後，我就去學校對面的點心店等到六點。「去裡面的臥室等吧，妳可以寫寫作業或是看看書都可以。」點心店的阿姨對我說。

因為社團活動而晚歸的學生都喜歡來這裡，被他們看見雖然有點尷尬，但是也沒有辦法，只能忍耐。

今天同樣是在換教室的時候又摔倒了，這次右臉頰傷得很嚴重。

S又幫了我的忙，但「謝謝」二個字還沒有說出口，我的眼淚就流了下來，半句話都說不出口。

空白的兩個小時（在點心店等待的時間）

在這恐怖的兩個小時裡，必須強迫自己看著店裡人進人出，還要強迫自己的耳朵聽一些無謂的談話。唉……時間就這樣浪費掉了。

坐公車去上學時雖然也很無聊，但卻能感覺到「人類的活動」很濃厚，而且還能感受到街道兩旁的白楊、店頭擺設的水果……這些季節的氣息。

〈我的背影〉

我正在走路（當然，旁邊有朋友攙扶）。

這時，感覺到有人在看著我。

不由得莫名其妙緊張地加快腳步起來。

環顧四周，還故弄玄虛地把衣領往上拉了拉。

突然，從背後傳來令我崩潰的話語：

「真可憐……那孩子是智障嗎？」

不想長大成人

看到我哽咽地哭個不停，媽媽以口代槍向我開火了：「只有嬰兒才會哭！妳這樣還算是高中生嗎！」

媽媽的叱責讓我更加傷心、更加抽咽到泣不成聲。

給惠美（我的表妹）

惠美，亞也為什麼會這麼愛哭呢？為何不能像從前一樣，臉上總是掛著笑容呢？我好想回到從前喔！

如果有一臺時光機，我好想乘坐它回到從前。看看曾經能跑、能走、能一起玩的我……可是，現在的我還是得面對現實。

難道非得回到現實不可嗎？我不再想長大成人！時間停下來吧！別再掉淚了！唉，看來亞也的淚腺真的是壞了。

現在是晚上九點了。就算全世界的時鐘都壞了，時間也還是一直在前進，不是嗎？生命有限，時間卻是無限。胡思亂想到此為止吧。

我最喜歡走路了。

國一的時候，我曾經從視聽中心走五公里左右的路回家。

沿途摘取盛開的花朵，邊走邊抬頭仰望藍色的天空，看白雲飄過，煩惱憂愁好像都消散不見了。比起騎腳踏車或開車，我還是最喜歡步行。

唉，如果還可以獨自走路就好了……

有個朋友說：一個人的時候，總感覺自己是壞孩子。還有朋友說：一個人享受孤獨的時候，感覺只有這樣才是最真實的自己。

但換作是我一個人的時候……不，我討厭只有一個人的時候，我害怕只有一個人的時候！

我究竟是為什麼而活呢？

我總是接受別人的幫助，自己卻無法給予別人絲毫回饋。或許學習對我而言是生存的目的，然而除此之外，我已經找不出任何值得我做的事了。

即使只有三公尺長的走廊，我也無法順利通過。人類難道無法依靠精神力量存活下去嗎？僅憑上半身，難道就真的無法移動了嗎!?

我想變成空氣一樣，讓大家失去後才突然發現應該要珍惜它的存在，而且希望自己是個性溫和、容易瞭解的人。

今天調整座位，我被調到最前排去了。

每次上課遲到時，我都會思考從哪裡、怎麼走才能最快回到自己的座位上？看來只有滑行這個辦法了。如果稍微疏忽照顧身體，就會容易疲倦、打呵欠、鼻塞，心情變得糟透了。

今天下午的點心是燒芋，好好吃唷。雖然才兩點半，但感覺已經快天黑了。

從家中可以望見稻荷山上的櫻樹，而葉子在不知不覺間幾乎全部凋零了。這樣想想，學校裡的銀杏樹葉子應該也都變黃了吧？我現在只能靠扶著朋友肩膀或是走廊的扶手行走，只要一抬頭就會摔倒。

教學觀摩日那天，還好家人都沒有來參觀，我甚至不希望媽媽到學校來。這樣正好，我不喜歡被人以差別待遇、從上打量到下的眼光說：「看，她是殘障人士。」這樣一來，我一定又會流下不甘心的眼淚。

誰又喜歡身體變成這種樣子？晚飯的時候，一想到此，眼淚止不住又流了下來。現在就變得如此不堪，往後或許有可能淪為廢人吧？媽媽，對不起。

理事會開會那天，我和媽媽兩人一起被叫去談話。如果我的數學再加點油，就可以進到升學班了！亞也一定要加油！

現在是晚上十一點，月神露出半張臉孔，透過東邊窗口向我微笑。關掉電燈，就可以祈禱了吧？和身體健康的同班同學相處在一起，卻無論如何都無法抹平內心的羞辱感。我真的覺得很痛苦。但是，轉念一想，這種羞辱感也可以轉化為學習的原動力。

我喜歡東高（愛知縣立豐橋東高中），喜歡那裡的老師，也喜歡S、Y子、M江，都喜歡。我也喜歡當我在點心店裡等待媽媽時，給過我巧克力的學長！

決定

媽媽前往位在岡崎的養護學校參觀。回來後和我說明了那裡的情況。我聽完不知道什麼原因，忍不住哭了起來。

妹妹馬上就要考試了，正在埋頭努力念書，而我則是在房裡發著呆。腦子裡亂哄哄的，想的全是關於養護學校的事情。

坦白說，我知道根本不可能在東高畢業。但養護學校對我而言，宛如未知的世界。哥倫布或是達爾文，不也是懷抱四分希望和六分恐懼，前去尋找未知的世界嗎？

〈養護學校的希望〉

一、能發掘將來；

二、迎向屬於自己的生活；

三、有充分的設施和制度；

四、能夠和同是殘障人士的人成為朋友。

〈養護學校的恐怖〉

一、逐漸喪失社會能力；

二、能否習慣集體生活（寄宿）；

三、和東高的朋友分離；

四、世人的眼光（養護學校這個字的衝擊力）；

五、男孩子；

六、家庭的變化。

我如果去養護學校寄宿的話，現在尚且年幼的妹妹，還會記得亞也姊嗎？還有弟弟，就算是偶爾也好，不知他是否能想起共同生活的日子（感覺像自殺前兆）？

S同學因為家離學校太遠，所以從高一就開始外宿生活。理由雖然和我不同，然而寂寞的滋味卻一樣。

大大的蒼蠅揮舞著翅膀，從窗戶外飛進來。不可以殺死冬天的蒼蠅。想到夏天來臨它們會生下許多寶寶，我頓時感受到「生命」的神祕，因此沒有殺牠。

從窗戶看向外頭的新校舍。心裡感慨萬分：啊，這就是東高呀。

抬頭仰望天空，白色的月亮高高掛在天上。

媽媽說：「雖然亞也不喜歡生病，但即使身體不方便，可以做的事情還有很多。如果亞也變成連思考能力都沒有的人，也就不可能體會生病後被朋友關心、照顧的感受了。」

和S在河畔向陽處，一邊聽著候鳥的鳴叫聲，一邊閒聊。

「我覺得亞也變了。妳現在會說：『藍色的天空好美』……之類的話，妳的心思變得更纖細了。」S說。

「有沒有能讓妳緩和情緒的人呢？」我問她。

「嗯……弟弟或妹妹吧。因為會讓自己更有信心。不過，我還是覺得自己獨處的時候心情最放鬆。」

S子自己選擇了一個人的生活，而亞也卻是被迫過著與家人拆散的生活。這個差異是如此之大啊……

〈一個有虎牙的三年級女生〉

生物部有個綁著麻花辮的女生很喜歡老鼠，有一天我和她一起走到圖書館。而且是在沒有人幫助的情況下一個人走完的！雖然慢一點……當然也多虧她配合我的步調。

她的家裡養了四十隻老鼠，於是便和我聊起最初養的那隻老鼠。

「她名字叫『娜娜』，是一隻雌鼠，因為得乳癌死掉了。老鼠患病後，病況會變得和人一樣，然後也會死去，我最討厭動物死掉了。」

關於她，我一無所知。雖然和老師或學長打聽就能夠瞭解，但我想從她的話語中瞭解她，所以，並不會想去多做打聽。

和她還有過一次交談。她要我叫她小莎。她的家裡有爸爸、媽媽、妹妹和四十隻老鼠……

她的專用庭院裡有老鼠的墓，那裡種著忘憂草。據說忘憂草法文直譯是「白老鼠的耳朵」。小莎告訴我：白老鼠的耳朵和忘憂草的葉子很像。

「俺（小莎雖然是女生，卻用男生的口吻）一聽說有人死了，就感覺對方好像代替自己死去一樣。妳（亞也）的腳不方便，所以俺必須代替妳的（不方便的）那部分，好好活下去。」

小莎繼續說：「俺可是相信超能力的哦（她打了我手心一下）。站在原蟲的立場來看，咱們人類就是超能力者；站在盲人的立場看來，視力完好的人不也都是超能力者嗎？」

小莎說話很直率，我喜歡！只是，無論小莎還是亞也，明年都不會在東高了。

GC（英文文法、英文作文）課的時間，K同學哭著說：「好氣喔。」（因為考試成績不好）。

老師對此置之不理，斥責道：「不准哭！現在哭有什麼用，當初就該好好努力！」

好可怕。我就算成績考得再爛，也不希望被那樣痛罵……想著想著，心裡不禁悶了起來。

和S同學聊起運動後身體變暖的經驗。

「感覺就像包子一樣熱呼呼的。」

「不一定要足球或籃球，即使不碰球，只有跑步也可以啊。」

現在，想起自己說起這些心有餘而力不足的事情時，臉上還掛著眉飛色舞的表情，真是挺羞愧的。

在電視上看到電影《流浪漢》。

我相信神的存在，一想到現在的阻礙是神的考驗，我的心情立刻輕鬆了起來。這種心情無論如何也要繼續保持下去。

馬上就要過年了。

今年一整年承蒙許多人的照顧。明年對我而言是精神革命的一年，因為現在的亞也，還無法坦然接受自己是身體重度殘障者這個事實。

真的很害怕、很痛苦……但是，事實終究還是要面對的，不是嗎！是不是應該要去養護學校呢……

一想起養護學校，心裡就感覺很恐怖。對於身為殘疾人的我而言，那裡或許是最合適的地方也說不定。但是我還是想留在東高。想和大家一起念書。想學習各種知識，將來成為大人物。周圍沒有健康同學的世界會是什麼樣子？我不敢想像。

媽媽抽空跟我聊起關於養護學校的事。到那裡，亞也即使花費再多時間，也可以去做力所能及的事。立場也可以從拜託他人幫助，轉換成幫助別人……。

我現在正處於一條重大的歧路上，而且，決定迫在眉睫。

革命

「我要去養護學校。」我最後還是下了決定。

我告訴自己：已經三個學期了，也該是和東高分別的時刻了。

〈不滿1〉

N老師：時至今日我仍然尊敬、信賴的老師。要在這種情形畫下句點，我的心情無論如何也不會好受。

我寧願老師不要拐彎抹角地對媽媽說：「亞也更換教室花費的時間太長。」而是直截了當地對我說：「妳留在東高根本是個累贅，快點轉去養護學校吧！」

即便如此，我也不會生氣。但請不要不停地打量著我。

「妳媽媽那天沒跟妳提過什麼嗎？」為什麼，為什麼要假裝不知道呢！

老師，您為何不直接對我說呢？

這種日復一日災難般的生活讓我的心情早已變得麻木。老師，您為何不直接和我談呢？為何不對我直說，要我二年級的時候轉學呢？

從四月開始，即使心有不甘也一直在考慮要不要去養護學校……也想要一直努力到最後那一刻……可是現在我連這一點也做不到，就必須懷著這種遺憾的心情離去，這是最讓我難受的事。

〈不滿2〉

來自和S的談話。

「如果去了養護學校，亞也就不是特別的人了。換教室、大掃除之類的工作，也不會像現在這麼辛苦了。我覺得早點去早點能適應，怎麼樣，再努力看看吧？」

噗嗤，這句話猶如一把利刃插入我胸口。

S和我保持友誼，憑藉的就是九十九％的溫柔，外加一％的利刃。

可是我流不出眼淚，這句話的衝擊力，大到讓我的副交感神經似乎已經麻痺。

因為S，讓我懂得「考慮看看吧」的必要性。

我真正解脫了。

即使身為殘障人士，但我的智商和平常人卻沒有兩樣。這種感覺就好比登臺階，穩穩地一步步登上最高處，卻突然踏空跌了下去。

老師和朋友們都很健康，雖然令人難過，但怎麼做都無法消除這種差距。

我就要離開東高了。從此之後，身負著殘障人士這件沉重的行李，一個人繼續活下去。

這雖然是我自己做出的決定，但在經歷這個過程之前，我至少需要流過一公升的眼淚，自此之後可能還需要更多更多。

我的淚腺，要忍住！遇到挫折就服輸，是無能的表現。感覺挫折的話，只要再多加把勁就可以了！絕不可以老是怕輸！

過完年後第一次去醫院，和山本醫生談過話後，總算放心了。而再接再厲的心情，也自此在心中沸騰了起來。

媽媽簡要地向醫生說明轉學去養護學校的事。

醫生說要先徵求一下教育委員會的意見。瞬間，我心中燃起一絲希望，但很快就如同泡沫般消失了。這全是因為連日來，腦海中總是不斷浮現令人失望的革命所賜。

妳實在是被寵過頭了。竟然到現在才總算發現。就是因為太過依賴別人，所以朋友都被妳弄得很疲倦。現在才發覺太遲了。

難得一家人一起去「Asakuma」（西餐廳）聚餐。媽媽和弟妹說起我要轉學到養護學校的事，聽著聽著不禁火冒三丈起來：「好了吧，我已經同意就別再說了！」我按捺不住脫口說道。

「雖然只有亞也一個人要轉學，但這可不僅是亞也一個人的事。這是整個家族的問題，就應該大家一起思考，互相幫助和鼓勵；每個人都必須懷著加油的心情努力，這可是相當重要的。」媽媽反駁說。

好吧，既然都講開了也是件好事，如此轉念一想，負氣的感覺都消失無蹤了。漢堡和牛排都很可口，招牌霜淇淋更是一次吃個夠。

W同學、O同學、D同學，謝謝你們和我打招呼，我好開心。

M同學，謝謝你幫我拿書包。

還有H同學，總算可以和你說「早安」了……

這一年真是漫長。和大家一起度過的這一年很開心，我也已經下定決心了。

大家再見，願你們永遠健康……

教室掃除時，同學們總是喜歡在課桌上留下祝福的塗鴉。

整理心情

二年級的分班表剛出爐，而名冊裡已經沒有我的名字了。

雖然對這種結果早有心理準備，但仍然感到落寞。心裡想：如果身體健康的話就好了……

到此為止，別再痴心妄想了！什麼時候才能學會不做夢？自己的病，怎麼可以連自己都沒有信心能治癒？握筆的能力變差了，莫非這也是病情正在惡化的前兆？

摔倒了又有什麼關係
反正還能夠重新站起來　不是件很好的事嗎
摔倒的同時抬頭仰望天空

藍藍的天空在上頭　看起來那麼廣闊無垠
你看得出它正在對你微笑嗎
我　還活著

我在朋友面前哭了。
社團老師問：「妳申請退學了嗎？」聽完不禁悲從中來。
但是，妳愛哭的壞習慣也該適可而止了吧？這樣只會讓周圍的人厭煩，對自身的病情也毫無幫助。
所以趕緊改正吧！與其整天哭哭啼啼，還是帶著笑容的樣子比較可愛。從今以後，如果有想說的話，就痛痛快快地說出口，趕在哭泣之前！

現在心裡感覺非常空虛。沒有洗澡就直接上床睡覺了。
明天要去養護學校面試。既然早已下定決心——就不能再哭了。
我掩面祈禱著：無論如何，我將來也想成為偉大的人。
養護學校——給人一種灰暗的印象，難道就沒有更好聽點的其他稱呼嗎？即使有「養護」學校，但養護的社會可不存在……

面試時老師說：「這種程度的殘疾，應該還可以在東高堅持一段時間……只要聽課沒有障礙，其他問題總是有辦法解決的。養護學校的授課水平，相對於普通學校必然略遜一籌。關於這點，真的決定不再慎重考慮一下嗎？」

請不要再說這種話了！我不想再聽到這種安慰的話了！——我暗自在心中喊道。

即使醫院的山本醫生前去和教育委員會交涉時，我的內心深處也都還存有一縷希望。結果他們的答覆是：全依校長的判斷為主。

媽媽回答：「東高說：『不可能再收留亞也，她已經無法再繼續待在這裡了。』我們最後會來到這裡，也是經過一番家庭革命後才決定，她本人也一度面臨自我的心理建設。現在懷著希望重新開始，也是她本人的希望。關於東高那邊，我們已不抱任何希望。所以，還是請您將話題轉到以轉學為主吧。」

說實話，原本我心裡對於東高還有那麼一點執著，然而聽媽媽一句一句說完上述這些話，我的想法也澈底改變了。現在，我們母女一心，只要媽媽還是肯做我的支柱，我就一定要加油。神啊，我還是要聽從媽媽的話，因為從媽媽的一舉一動中，我感受到深刻的母愛……磨練人類本性的時刻到了，勇往直前吧！

回家途中，我們順路去了岡崎的惠美家。因為事先打過電話，所以阿姨早就做好了美食等待我們。吃飽飽後就睡了，現在本來就不是念書的時候。

最後一學期的期末考，為了不後悔本想全力以赴；然而，需要思考的事情太多，即使強迫自己念書，注意力也無法集中。

教室裝飾著宣木瓜的花朵，紅色的花瓣真是漂亮，只是為何會取名叫「木瓜」呢？……這好像不是考試中的我該想的問題。

素子老師說：「去養護學校或是留在東高？最後做出決定的可是妳自己，因為這涉及到今後妳的人生大事。」

即使我想留在東高，你們也會說：妳現在的狀況根本無法適應學校的生活，所以只能選擇去養護學校。這本來就不是我能決定的事情，老師也只不過是在敷衍我罷了。

我心下暗想。

素子老師又說：「一、妳一定要保持個人的清潔衛生。許多人都有偏見，認為殘障人士很髒，為了避免被誤解，妳更應該嚴格要求自己；

二、要珍惜現在的朋友；

三、熟練打字技巧；

四、希望妳別忘記東高。」

老師的話語和自己的想法（雖然沒有當著老師面說出口），反覆縈繞心中。

我位在中間，而周圍的人組成一個圓圈，嘴裡一面說著「養護、養護……」一面逐漸縮小圓圈向我逼近。除了養護學校，我再也沒有別的地方可以去了。即使還有其他的想法，也不過只是痴人說夢罷了。終於，我下定決心不再猶豫，決定去養護學校。

自從多了養護學校的方向後，不知不覺間，幾個月的時間眨眼就過去了。雖然在感性方面我已經下定了決心，但理性上卻總覺得還有一件事情沒有整理，所以情緒始終無法平靜。

我讀了聖經後，從感情角度可以接受耶穌的聖言……但在理性思考這部分可就不一定了……（對不起，耶穌大人。我沒有信仰，想讓我變成虔誠的基督教徒可能難上加難。）

是的，我應該要腳踏實地，冷靜、理性的思考看看。

〈在東高的好處〉

一、有亞也這樣的人存在，能使大家體會共同生活的艱辛（培養互助精神）；

二、健康的人和身體不自由的自己相比，差距可藉此轉換成努力的動力；

三、可以從老師和朋友那裡學到很多東西。

〈在東高的缺點〉

一、無法在規定時間內完成目標；

二、過於依賴朋友和老師；

三、能交的朋友範圍有限，必須在指定的圈圈內活動（行動範圍狹窄）；

四、就連掃除之類的小事也做不了，無形中添加了大家的負擔。

〈去養護學校的好處〉（只是假想）

一、能夠自主生活；

二、減輕負擔（對周圍的人）；

三、可以遇見更好的將來；

四、掌握生活技能；

五、和同樣身為殘障人士的同學在一起，更有利於人格修養的提升。

〈升入養護學校之後的缺點〉

一、再也得不到身為殘障人士的特殊關照；

二、無法和正常人交朋友；

三、學習進度落後。

離別

距離畢業典禮還有四天時間，大家好像在折千羽鶴給我（有百分百的預感）。眼簾映出I同學和G同學她們拚命折紙鶴的模樣，心裡感動萬分。即使分離，我也絕不會忘記這一刻。

很高興她們折千羽鶴給我，為我祈求幸福快樂。但是，我也希望她們能夠說：「亞也，不要走！」

面對一直以來沒有努力的自己跟未曾這麼告訴我的朋友，我實在無法壓抑心底的怨恨。

但我堅守和素子老師的祕密約定（不把朋友往壞處想），絕不會出口傷人。

我想起媽媽說的話：「過去的事就忘了吧。老是反覆思考過去的事，根本不可能繼續前進。人生啊，就是前進三——步，後退兩——步……」

我想起她邊唱邊跳的樣子，忍不住笑出聲來。

有朋友給了我蘇鐵的果實。

我好喜歡那橙色的果實，那是令人感覺溫暖的色。

和素子老師做最後的道別，順便跟老師發了一頓牢騷。

「妳別再苛求自己了唷，人生在世，能做的事情不光只有學習而已。如果只過了念書這關，接著馬上投入社會，那樣一來，妳又做得了什麼？其實我覺得學習對妳而言，只是個避難的場所而已。妳可以避開拿書包、洗碗之類的瑣事，只是一味埋頭念書，不是嗎？但這樣一來，妳的視野範圍勢必越來越狹窄，不改變不行。妳和其他人的不同，就是接受過一年的普通教育。在養護學校和住院有什麼區別呢？和那裡的孩子相比，妳受過更多不同的社會磨練，讓妳能深刻瞭解外面的世界是不允許妳任性使氣的。雖然妳已經十六歲了，但仍有些許幼稚的想法造成妳生理和心理的不平衡。我想，大概因為十六歲的妳沒有累積足夠的人生經驗吧。現在改正還不晚，努力試一試吧！在東高無法得到的東西，可以在養護學校裡得到。哪怕當作惡作劇也好，妳一定做得到的。妳的存在，對於東高的每個人而言，都會是美好的回憶。」

我很高興人生裡能夠認識如此善良的老師，和老師說了聲：「我走了。」便面帶微笑離開這裡。

考試結束了，我一直放假到結業式之前。

爸媽幫我策畫了一個熱鬧的派對，盛情款待這一年來所有關心我的好友和幫助過我的人。

大家玩撲克牌、下五子棋，有說有笑，玩得超級開心。S同學送我一個咖啡杯、Y同學送我一個音樂盒（鐵道員的音樂），而A同學送我押花。

「妳們都要好好念書哦，把亞也的那份也一起加油念完。看見這隻鋼筆，希望妳們都能夠想起亞也。」

媽媽說完，將鋼筆遞到她們和我的手中，大家頓時都沉默了下來——終於到了分別的時刻。眼淚禁不住要流下來，但是我拚命忍住了。因為事先就已經下定決心，不能哭哭啼啼地和大家說再見……

這本來應該是最快樂的時刻，然而大家回去後，心裡反而更難過，忍不住抽咽了起來。

反省

終於到了！三月二十二日這天終於來了。

平淡的結業式結束後，我們來到教室。

大家寫了半張「離別祝福」給我。

我很想大聲說：感謝大家長時間給予亞也的幫助，我一生都不會忘記的。雖然即將進入新學校，但我還是會繼續努力。也請大家不要忘記——有個身體不方便、叫做亞也的女孩曾經在這裡生活過！」

但是，我的淚腺突然故障再次發作，喉嚨哽咽了起來，終究還是沒有把想說的話說出口。

S、Y子……

老師告訴我，她們說：有時候照顧亞也也是一種負擔。為什麼我從沒發覺這件事呢？想到這裡，不禁全身血脈緊繃。以往我總是不斷考慮到自己的感受，卻讓大家感到疲憊不堪，這一切都是我的錯。

唉，我真的沒什麼好反駁的了！過去所發生的一切事情，我都應該要好好反省自己……

我在七夕的竹籤上寫：我想變成普通的女孩。妹妹看了怒斥我：「妳哪裡和普通人不一樣了!?」

「我只是寫下事實，難道不行嗎？」我反駁道。

冷靜一想，她或許明白我的病情，但仍不認同我是殘障人士這個事實吧。

實話

山本纊子醫生的小檔案。

她戴著細框眼鏡、留著一頭短髮，總是穿著白衣。不管是耳環、戒指等首飾，給人的感覺都十分清爽，渾身上下散發著乾淨的氣息。

她是我在名大醫院住院時的主治醫師，後來即使轉去藤田（名古屋）保健衛生大學，我們也一直保持聯絡，為此我還特地轉院。

她的頭腦反應迅速，不管做任何事都乾脆俐落，也總是能準確判斷問題。她還曾經用自己的車載我去其他大學醫院檢查，真是不可思議的行動力啊。

「山本醫生念哪間高中呀？」我問道。

「明和呀。」她很簡單地回答道。

那是一間人才輩出的學校，就連我都聽過那間學校的名字。據說山本醫生之後就直升名古屋大學，但是卻一點架子都沒有，態度總是相當溫和，所以亞也很喜歡她。可是在她面前，她可不允許亞也表現出軟弱的樣子。

看病、住院的治療已將近一年半，但我的病情仍在一點一滴地惡化，連我自己都感覺得到。

或許是小腦的細胞正逐漸被破壞，我全身各部位的功能都在退化，伸腿、屈膝之類的動作越來越困難，連翻身都很吃力。就連說話也只能一句一句說，不能大聲。笑起來再也不像從前一樣是「哇哈哈」的聲音，而是變成了「嗚嗚……」。吞嚥困難的現象時常發生，舌頭的基本功能也逐漸開始喪失。

下次去醫院的時候，我想要直接問醫生：亞也的病情究竟會發展到什麼地步？希望醫生老實告訴我。

知道真相後或許會很恐懼，但我終究得面對事實。我決定要根據醫生的答案重新審視並定下自己對未來應變的方法。

〈現在設想的將來〉

（高一）（高二）（高三）

東高→養護→養護→在家工作（看家・做家事）

　　　　↘東高↗

明知重返東高不可能，但為了充實渡過高二生活，還是有必要定下計畫的。

購物

媽媽正在打電話，然後大聲從樓下向樓上喊道：「大家帶亞也一起去YUNI[2]吧。他們說那裡有備輪椅，這樣的話亞也就可以去了唷！」

趁著春假期間家人都在，行動總是慢半拍的我總算也可以搭車一起去玩了，大約十五

2 購物中心。

分鐘後，我們抵達 YUNI。

我把最常用的小提包掛在脖子上，讓妹妹推著輪椅帶我去服飾賣場悠哉地閒逛。對我而言，這些全是遙不可及的商品。

我看見一條漂亮的裙子，好想試穿看看。因為我總是跌倒，為了防止膝蓋總是疼痛，平常只能穿褲子。對我來說，裙子簡直是個憧憬。今天我終於鼓起勇氣，提出想要買它的請求。

媽媽買給我後，說：「買一條沒關係，反正天氣馬上就要變暖了。」

我開心的不得了，那件印著白色花朵的裙子上，四周縫有蕾絲的花邊，穿上它，感覺連站立都變得精神煥發！想必大家一定會說我很可愛吧？哪怕只是說一次也好，我好想聽大家那樣對我說。

為了即將開始的寄宿生活，我們買了整整一紙袋的內衣、襪子和毛巾。

我忽然覺得失落起來，再過幾天就要去養護學校寄宿，開始和家人分離的新生活。

雖然早已下定決心不能哭，但一想到這裡，要怎樣才能不哭呢？要堅強，不管發生什麼也要心平氣和去面對。情緒要做到能收放自如，將來才能成為大人物。

輪椅

「亞也，我買了一臺車給妳唷。」

「啊？」

媽媽開始緩緩對我說道：「學校走廊雖然有扶手，但是橫向移動的時候，還是很危險。橫向移動時需要由站姿改成蹲姿移動，然後再恢復成站姿，有時候動作一急就難免會出問題，而且過程中還很容易跌倒。如果老是這樣，妳也根本無法獨自外出。但是有了電動輪椅，就算腕力不夠，只要輕鬆按個鈕就可以毫不吃力地上坡，聽說時速有五公里左右，和走路速度差不多。既不危險，操作也簡單，很適合妳。但是妳不可以因此任性，也不能光想依賴輪椅，要用自己本身的力量活動，也不可以偷懶，妳能答應我好好學習操作嗎？」

「我可以自由在外面活動了嗎！」憑藉如此單純的喜悅，竟使我覺得世界又大了一圈。

我想要一個人自由行動。

再也不用將想要的書名寫在紙上，拜託人家「幫我買回來」。書店老闆直接遞給我這本書或那本書，這些事情簡直就像夢一樣。

好！去養護學校之前我一定會認真閱讀操作說明書，然後外出練習看看。

汽車公司的人把輪椅送到家裡了。我親眼看著他們組裝，只要在下方並排擺設兩個扶手，啟動電鈕，輪椅就可以活動了。

「亞也，妳坐上來試試看。只要握著這根手把前後移動，想去哪裡就去哪裡，操作方法很簡單。」

我坐上去，稍微將手把向前推動，輪椅就開始前進了。伴隨著車輪轉動，會發出微小的聲音，接下來再回轉……我拚命練習了一陣子，沒過多久，我那令人討厭的個性再次發作，眼淚忍不住流了下來。

「妳怎麼了？」媽媽問。

「好久沒有自由活動，好高興。」我雖然這麼回答，但心裡複雜的感覺，卻無法用語言完整表達。

我要好好練習，早點達到能自由進出書店的目標。

我看向窗外，這時下起雨了……

擦拭廚房、打掃廁所，我很努力在實踐這些打掃工作，感覺像身體注入了能量一樣。

雖然已經沒在念書了（但學生本性幸好仍未喪失，真好笑）。

提到輪椅[3]日文裡的妹妹可稱作椅子，父親叫做車，二者合稱就是輪椅。

高一的時候，妹妹在醫院走廊看見並排擺放的輪椅，想要坐上去玩耍時，媽媽說：「不可以坐輪椅玩耍！輪椅是身體不方便的人坐的。」

迄今為止，這些話我都沒有忘記。

我不禁將《夜和霧》（德國集中營的體驗記錄）中奧新維斯集中營的人們和身為殘障人士的自己聯想在一起，因為我們的心情都是逐漸變得麻木，很相像。

殘障夥伴

「蒲公英之會」是聚集殘障人士的社團，他們今天帶我到一間叫做「巴洛克」的西餐廳，裡面放有一臺古典鋼琴。我說完：「下次想請妳彈琴」後，山口小姐咯咯笑了起來。

---

3 日文為車椅子。

我們後來去了純子家，她的耳朵雖然聽不見，但卻可以用手語愉快地聊天。純子的臉部表情總是可愛。

我學會了一點手語，但還想更上一層樓，和純子成為知心的朋友。而她的媽媽，感覺也很像我自己的媽媽。

〈來自夥伴們的指導〉

一、身為殘障人士，如果老是畏縮不前，就永遠無法改變自己！

二、與其追求已經失去的東西，不如好好珍惜現在還擁有的事物。

三、成天哀怨自己多聰明，只會加重自己的悲慘心情。

轉學＝寄宿生活

滿載一整車的生活必需品，我正式進入養護學校就讀。其他學生因為新學期剛開始，也都回來上課了。大大的房間像教室一字排開，屋子裡的正中間有走廊，鋪有榻榻米以區分左右。

每人都有屬於自己的課桌、壁櫥和檯燈。距離房門最近的地方是我的城堡。

「這些東西現在派不上用場，所以放上面，日常生活常用到的，放身邊拿得到的地方。」媽媽邊說邊幫我把附近的起居用品仔細整理一番。

除了我之外，還有其他幾個女孩子也都是媽媽在幫忙整理。沒有人在意我的存在，不知道是好事還是壞事……

「妳要盡快忘記東高，早點成為岡養[4]的學生喔。」鈴木老師對我說。

為了「盡快忘記」，我將東高的校章和級徽統統都取下來，放入抽屜最深處的地方。

向前邁腿的動作已經越來越困難了，我死命地抓緊走廊上的扶手，嘴裡念著：不要怕，不要怕……。「我是不是已經不行了……？」想起這些悲哀的事，我的心思又亂成一團了。

4 愛知縣立岡崎養護學校高中部。

「人類一定可以學會走路！」

B老師的話語到現在還縈繞在我腦海裡。

這句話引起了我的共鳴！我也是這麼想！我要向獨自行走宣戰！向新高山[5]衝鋒！

我在去教室的途中摔倒了，正在哭泣時正好被A老師撞見，他問：「很難過嗎？」我回答：「與其說難過，應該是說不甘心吧。」

人類為何會用兩隻腳站立走路？當我看到遠處的朋友快速移動腳步時，本是理所當然的事，如今心底卻不禁產生了這樣的疑問。

走路這件事，現在對我來說真的是越來越困難了。我心裡想：來這裡真的是正確的選擇。

有時看看窗外正在打棒球的孩子們……

看看走廊上正在和老師玩相撲的小孩……

總是這樣子多愁善感真是可怕，我的心情總會處在浮動的狀況下。

雖然自覺已不再是東高的學生，卻也沒有身為岡養學生的實感。如果有陌生人問：「妳是哪裡的學生？」我應該怎麼回答才好？

5 即臺灣日據時代玉山的別名。

苦悶

我和A老師在教室裡說：「我夢見自己試著挺起腰，結果馬上就可以走路了，而且老師看見很高興喔。」

老師說：「光是思考學習的事倒是無妨，不過自己洗衣服或者擔任值日生的時候，還是會讓妳感覺很辛苦吧？」

老師接著又說：「有個罹患肌肉萎縮症的孩子曾經寫過一首詩：『神賜予我殘疾，為什麼我還要相信祂，這是在考驗我的忍耐力嗎？』逼迫孩子到這種地步，我都感覺自己有點像希特勒了呢。」

我說：「但是老師，事實上我也曾經想過這些。自己的身體為什麼突然出了問題、會有今天的自己是因為犧牲了許多人的利益，給許多人添了不少麻煩。此外，我也試了許多方法以及各種心理建設來安慰自己。」

望向窗外，看見雨後的彩虹在天空漂亮地畫了一個弧線，於是我急忙坐上輪椅外出。

T同學說：「有輪椅可以坐好幸福喔。」

什麼嘛——小心我釘你的小人喔！

本想回敬他：「能走路反而比較幸福吧。」

但為了不污染漂亮的彩虹，終究把這句話吞了回去。

每逢星期六，爸媽都會來接我回家住一個晚上，等星期天晚上再回學校。

看見我身上總是又有新傷，媽媽問：「妳常跌倒嗎？」

我回答說：「這都是因為趕時間的關係，因為我的動作太慢，所以我拜託舍監阿姨凌晨四點叫我起床念書。不這樣的話，一天的事就做不完……但有時候太急而動作變得僵硬，所以很容易跌倒。」

一直以來，我都是本著盡可能「步行」的精神，只有在出校門時才乘坐輪椅。但有時事態緊急，比如去距離較遠的圖書館時，為了趕時間，也只得使用輪椅。

如果坐輪椅去上課（每次坐輪椅的時候，都會感覺自己「已經不行了，我無法走路了」，會讓心裡感覺更悲傷）……

我在走廊碰到舍監阿姨。

「早安。」

「咦？妳坐輪椅上課啊，保持開朗的心情很不錯唷。」

聽到這種話，我的心裡總是感覺到有東西堵塞住，簡直連呼吸都要停止了。這有什麼好開心的！我也想用腳行走，正因為無法走路我才那麼煩惱。坐輪椅也是萬不得已的辦法，難道大家以為我是喜歡才坐輪椅的嗎？難道以為坐輪椅會感覺很快樂嗎？

心情到差簡直想把頭拆下來。

我的病情似乎又更糟糕了……因為媽媽的白髮不知何時突然映入我的眼簾中。

所謂瞭解殘障人士

五月的晴天讓人心情舒暢。

今天舉辦小型運動會，還剛好是母親節。另外有一件不能忘記的事，就是妹妹的生日。真是可喜可賀的日子。

我打電話給住在岡崎的表妹惠美，希望她能來看我。

因為想讓她清楚知道自己是如何努力生存的……

惠美和我從小就是青梅竹馬的好朋友，我們總是睡同一張床。暑假和寒假的時候，都會互相去對方家裡寄宿。

她穿著白色罩衫、荷葉裙，鬈髮上戴著金色的髮飾，還穿著紅色的高跟涼鞋。長長的睫毛、大大的眼睛，很難想像如此漂亮的她竟然只是高三的女生。她跟總是被誤認成男生的表妹——阿香一起來探望我。

運動場的一角，靜悄悄地長著一叢繁茂的幸運草。我們三個人圍坐在一起，開始找尋四片葉子的幸運草。希望這是可以給媽媽帶來幸福的吉祥物。

「有四片葉子的幸運草嗎？」惠美問道。

於是，我把心裡一直思考的話說了出來：「四片葉子就是三葉的變形，據說變形的東西會給人帶來幸福……」

惠美認真思考一番後問道：「因為罕見的緣故嗎？」

是呀，正因為罕見才會帶給人幸福，所以沒那麼容易就找到的。當好不容易找到的時候，才會感動地想「太好了」，然後才有幸福的感覺囉。

今天又因為摔倒受傷，我又哭了。我應該要更堅強一點。

早上可能因為動作太急或心情太急，明明以為腳已經邁出去了，不料卻沒有邁出。於是，身體自然向前傾倒，本想伸出手撐住身體，但卻辦不到，於是……碰！

被擔架抬往保健室時經過走廊，我看了一眼天空。

心裡暗想：啊，很久沒有躺著看天空了。

躺在保健室時，隔著窗戶也可以望見天空。

白雲飄過藍色的天空，真的是難以言喻的漂亮啊。

對了，等將來徹底癱瘓的時候，我就躺在床上看著天空吧！

阪本九[6]的歌詞：「繼續往上走吧！雖然眼淚快溢出來了……」

對，就是這種感覺。我睡了一個小時，醒來後心情大好，於是自己起床去了一趟洗手間（是西式的抽水馬桶）。

羅丹的作品「沉思者」，難道是坐在馬桶上思考的結果？這是我在如廁時領悟的新發現。

我感覺自己的動作更遲緩了。

昨天輪到我去圖書館值日，二樓的走廊花了我整整二十分鐘，但是到的時候一個人也沒有，我的動作太慢了。我哭喪著臉，借了一本塞頓的《動物記》。如果超過門禁來不及離開而被關在學校裡，只要借校內電話和宿舍聯繫一下就可以了，但我還是忍不住哭了。

才四點左右，就被圖書館的人罵回來了。

---

6 日本歌手，下述歌詞出自其名曲〈抬頭前進〉。

圖書館員斥責道：「趕快回去！想找書的話就早點來！」

氣死我了！真是冷酷無情的傢伙。我的動作比別人慢一倍，根本無法操控自己的時間。

而且花在日常生活上的時間太多了（洗衣服等）。這些都不是花時間就能解決的問題。

今天的郊遊目的地是動物園。

我已經厭倦去動物園之類的地方了。紅毛猩猩一副愁眉苦臉的表情（早就聽說猩猩很神經質，所以容易患神經過敏的症狀）。

會扔石子的黑猩猩、不會捕魚的鵜鶘、邋遢的鴕鳥……看著這些動物，讓我不禁感到疲憊，心裡更感哀怨。

我很討厭寄宿學校的值日生制度，不過為了適應將來的集體生活，這也是沒辦法的事……我的動作一向慢半拍，無論如何也無法和大家一起行動，總是會慢上一、兩步。

為了彌補緩慢的動作，在廣播體操之前，房間的清理工作只能進行到一半。但是體操結束回宿舍時，舍監突然對我說：「亞也，妳沒打掃房間吧？趕快把廁所裡的髒東西和毛巾收拾一下！」

被誤解為「沒有打掃」，除了生氣之外卻無話可說。

「請原諒我的罪過吧，我會忍耐所有的折磨和挑戰……」

神啊，請告訴我，我的苦難究竟要到何時為止呢？這種自我催眠的方法，總會讓我更加懦弱。

如果我的身體能更加靈活，就算要我清理廁所，我也會高高興興地去做。但是由於我無法好好控制自己的行動，也只能在心裡暗罵「可惡」，但嘴上卻什麼都不能說，大家也不發一語便散開了。

回到房間門外，不甘心的我不禁哭出聲來。

舍監阿姨看見後說：「要在團體裡生活可不能隨便哭哦。」那我到底該怎麼辦才好呢？

今天可以回家了。

我把鸚鵡的籠子清理得乾乾淨淨。

走路時，感覺到左腿關節內側有輕微的疼痛感。唉，難道……連最寶貴的左腳也要不靈光了嗎!?

而且我的左手開始出現不自然的動作，總是會發出「嗖」的一聲（手指伸直或者彎曲的時候，會連帶五個指頭跟著一起動）。

而左胸、手臂上側還有右側臀部都開始感覺疼痛，難道是上次跌倒時遺留的後遺症嗎？再不趕快貼上沙隆巴斯就慘了。

右腳的膝蓋嘎吱嘎吱地響，果然……該來的還是躲不掉……洗澡的時候，我一邊感慨「因為跌倒而遍體鱗傷的可憐身體」，一邊撫摸受傷的腰和肩膀。

從今天開始，每天要挪出十分鐘走路，一直到再也不能走為止！

再這樣下去，我高三的時候一定連一百二十公分的高度（站立時目視的高度）都無法保持了。

我看了三年級的學生在畢業旅行所拍的照片。

明年這個時候，我還能參加嗎？

我自己對殘障人士這個名詞的理解程度是：

一、別再做額外的夢想。要清楚明瞭自己是殘障人士，並認知自己殘存的能力，做出力所能及的努力；

二、忘記從前健康的自己。根據弗洛伊德《夢的解析》的說法，夢見能夠走路的自己，是因為欲望太過強烈的緣故（這我也知道）。

明天要舉行舞會。因為還不肯對自己是殘障人士這件事死心，所以我決心好好完成它。但儘管懷著這份心情也沒用，因為再怎麼努力練習的結果，還是毫無進展。

回去的時候筋疲力盡，輪椅低速的電動聲響聽起來也相當痛苦。

「對不起，是我太重了嗎？你要加油喔……」這時，我彷彿感受到承受三十五公斤的重大責任了。

今天的我，有表現出精神奕奕的模樣嗎？管他的，既然別無他法，就勉強試試吧。

做體操、吃飯、洗衣服、打掃、去點名……

舍監阿姨說：「妳忙了一個早上呢。」

本來想冷淡地回答道：「我一生都很忙碌。」但最後卻只是臉上抽動一下而已。

人之所以為人，就是人能夠一邊走動一邊思考事物。

就像老闆在桌子前走來走去，思考「如何能賺錢」；情侶不也是一邊走，一邊計畫彼此的未來嗎？

鈴木先生的眼睛
讓我想起大象的眼睛
無所不知的神象
是印度的守護神
溫柔的雙眼，我很喜歡

我一個人在教室裡發呆……

想起國小時我還能在走廊亂跑，把桌子弄得嘎吱嘎吱響，還因此被老師罵；想起那些從教室窗戶跳到走廊，冷不防惡作劇打妳屁股的男生們……

那些惡作劇我做不來，只能在一旁邊笑邊看。要是趁當時身體還能活動時玩一次就好了……

至少從窗戶跳出去這件事，應該可以……現在沒有人在，很安靜，除了窗戶外只有自己……

咯噹——

「妳在幹什麼?妳不知道這樣很危險嗎?」

我又來到保健室接受照顧了。

A老師說我是「具有自殘傾向的女孩」。

雖然很痛，但是爬到窗臺從那裡跳下去，對我而言也很有滿足感，不過我不會再嘗試第二次了。

天氣變暖以後，我期待身體能稍微靈活一點，但別說變好了，只要不再變壞就謝天謝地了。

這個暑假本來希望如果有新藥出現，可以帶點希望再度住院治療。

但得到的卻是殘酷的結果……據說還沒有購入新藥品，因此暑假也不能住院了……難道連醫學也棄了我嗎？……這種感覺就像從懸崖墜落。後腦勺如同被錘子打中了一樣，充滿了絕望。

17歲——
已無法歌唱

爸媽送了我五本可愛的筆記本和便條紙；妹妹送了我 sand glass[7]；而弟弟送我粗筆頭的四色原子筆，還說：姊已經十七歲了，不可以再那麼愛哭了。

小弟送我一本《白色的人、黃色的人》[8]。

我十七歲的願望，就是想去書店和唱片行。即使有了輪椅，一個人操作輪椅外出還是很困難。因為我的手已經無法隨心所欲地動作，操作總會出錯。

如果能去書店，我想買《亂世佳人》和《暗夜行路》。如果能去唱片行，我想買 Paul Mauriat 的唱片。

我在浴室摔倒了。

腳尖已經沒辦法再取得平衡（搞不好再也無法平衡了）。雖然跌得很慘，但沒有受傷。好可怕，真的好害怕。

如果只憑自我的恢復力能否康復呢？

我已經十七歲了，如果我再持續堅持幾年的話，神能不能夠寬容我呢？……

我無法想像自己在媽媽那個年齡（四十二歲）的情形。

我連東高二年級的學生都無法想像了，我還能活到四十二歲嗎？感覺很不安。但是，我

7 沙漏。
8 遠藤周作的作品。

想活下去。

暑假—回家

養護學校的第一個暑假來臨了，一想到馬上就能回家，我就高興得無法入睡。

新藥還沒送到，雖然有點遺憾不能住院，但聽說這次的新藥由針劑改為口服劑了，而開發人員也正在努力，我還是安心等待吧！

快要吃午飯時，來了一個有點年紀的陌生叔叔。

「你好……我是平安閣（婚禮公司）的，請問令堂在嗎？」

「爸爸和媽媽都出去了。」弟弟回答道。

大約過了五分鐘，另一個身材瘦小的阿姨又來訪了。

「我是平安閣的……」

「啊，剛剛不是來過了嗎。」

我從二樓往下喊話。

「是你奶奶嗎？」

被她這麼一問，站在玄關的弟弟忍不住笑了出來。

「誰叫妳要用那種慢吞吞的聲音講話。」

太過分了，真是的，有十七歲的奶奶嗎！

晚飯的時候，妹妹把這件事情告訴媽媽。

心裡好難過。雖然我還是不肯承認現實，但聽見別人口中說出殘障兩個字，心裡還是相當介意。

媽媽做飯時，我在一旁幫忙。

「妳能幫我把韭菜和肉餡攪勻嗎？」媽媽問道。

啊，餃子？我忍不住苦著臉（不擅長的緣故）。不過算了，今天主要的任務就是協助做菜囉……

我打了四個雞蛋後準備開火，蒸蛋時我想起了I老師。

他每天早上不需要鬧鐘就可以特地起來按掉開關。不依賴機械的人真是了不起呀，我心裡相當感慨。在學校餐廳吃早餐時，只要看到我端著茶杯那種不穩的樣子，他就會從後面幫我一把，真的是很體貼的老師……

當我把飯煮好放在電風扇旁冷卻時，發現兩腿的大腿內側有二公分左右大的燙傷痕跡。往好處想，就當皮膚白裡透紅好了（這是用腿去夾鍋子的結果）。

蒲公英之會（殘障人士夥伴）的成員們，由於白天勞動，所以只能夜晚聚在一起，出版一本叫作「地下水」的雜誌。暑假在家休息的我，也接到通知受邀前去。

「媽媽，晚上外出的女生是壞女孩嗎？」

「如果和靠得住的人一起倒是無妨，只是……晚上出去不會有危險嗎？」

晚上八點，山口小姐開車來接我了。

「我出去一下。」

聽我這麼一說，晚上剛喝過酒且紅光滿面的爸爸叮囑道：「年輕女孩晚上外出總會讓人擔心，以後記得白天去啊。」

爸爸平常向來不太干涉子女私生活，今天會引起他的注意，我很開心。

爸爸長得很英俊，和平常一本正經的表情相比，我更喜歡喝醉酒後臉色紅潤的他。

跌倒

以前，如果意識到危險，都能夠適當做出隨機應變的反應。現在的我就算意識到危險，也無法再隨機應變了。

如此下去，將來豈不是連意識這件事都會跟著消失？神啊！你為什麼要賜予我這種痛苦？

不，或許每個人都有苦痛也說不定。但是為什麼只有自己會變得如此悲慘呢？

今天摔得很嚴重。

平常洗澡的時候，總是媽媽或妹妹幫我脫衣服後，就先把熱水反覆潑在毛巾上加溫，再以爬姿前進到浴缸裡。

在我抓住浴缸邊緣往澡盆裡坐下的時候，不小心跌了下去。下面本來有個肥皂盒，被我一壓便「喀嚓」一聲碎了，碎片刺入屁股，痛得我「哇」一聲喊了出來。

「怎麼了!?」媽媽飛快跑進來問。

浴缸內鮮血如注彷彿紅色的河，媽媽急忙用毛巾緊緊包裹我的屁股，然後開始用熱水

「沙沙」地潑往渾身乾燥的我。

媽媽和妹妹兩人合力抱起我，以最快的速度擦乾身體並包上睡衣。

我屁股上的傷口已經用紗布包紮妥當。

「妳的屁股有點割傷，我們去醫院看看吧。」

沒想到事情會變得這麼麻煩。

到醫院縫了兩針，九點才回到家，感覺好累。那一瞬間究竟發生什麼意外，連我自己也不知道。

是因為不小心跌倒？還是因為手滑？總之，事故的直接原因不明。莫非是因為神經一時停止運作，所以無法發揮作用了嗎？

我又給媽媽添麻煩了。

在媽媽整理藥丸的時候（將許多種類的藥裝成一盒），我正因為肚子痛躺在床上。但這只是個藉口，基本上，我面對事情的態度就有問題。或許是歉疚感，我想起佐藤八郎的《媽媽2》，於是將手伸向書櫥。

自言自語

暑假即將結束。

唯一可以做的事，大概只有照顧鸚鵡吧。牠停在我的肩膀或手臂上，等我將鳥籠打掃乾淨。

我讓牠站在我的手上，小心翼翼地從門口放入籠中，牠們真的好可愛啊！雖然偶爾會被牠啄一下，但並不會感到疼痛。

「謝謝。」牠們對我說道。

「沒關係，只要能讓你們開心就好。」

我和鸚鵡聊著天，不知不覺中，一個小時已悄然流逝了。這「沉重」的勞動使我汗流浹背，因為害怕牠們逃跑，房間裡的窗戶總是關著……

〈反省（自言自語）〉

「為什麼那麼不用功呢？」

「我不知道。」

「妳難道不覺得愧對為妳拚命工作的爸媽嗎？」

「當然愧疚。但我還能怎麼樣？」

「這就是妳太任性了。這個世界上獨自在努力的人多得數不清，就像一年前的妳一樣……」

「別再說了。如果聽妳的話只思考念書的事，我又會開始迷惑未來了！」

結果我什麼事都沒完成，暑假就這樣結束了。新學期真可怕！

自己身體的變化（惡化），自己最清楚。這到底只是暫時性的，還是會持續不斷繼續惡化下去？我也不知道。

我告訴山本醫生：

一、髖關節活動不良。雖說不良，但卻可以前後走路，卻無法左右張開（無法像螃蟹那樣伸展腿部）；

阿基里斯腱無法將腳的靈活度控制好；

二、「バ」[9]、「マ」[10]這二行的假名發音變得很困難。

醫生說只要持續練習就會好轉康復，然後給我開了些白色的柔軟藥片。

9 羅馬拼音 ba。
10 羅馬拼音 ma。

我很想知道自己真正的病情，然而卻害怕得知真相。沒關係，就算不知道也無所謂，只要把握當下，努力活出自己就夠了。

「亞也是因為無法在東高生活才轉學去岡養，想不到在岡養也被認為是重症患者。不要因為無法在那裡生活下去就越來越畏縮不前，只要想活在世界上，就不必杞人憂天、擔心沒有生存的地方。將來如果想在家裡生活，我就把妳的房間改造成向陽屋，讓太陽每天都把房間照得暖烘烘的。」回程的車上，媽媽不服氣地說道。

不是這樣的！我想知道的，只是我未來該如何生活下去，而不是只想尋找一個可以棲身的場所！我在心底暗自喊，因為我知道媽媽是看到我愁眉苦臉的表情，才會說這些話來安慰我的。

去洗手間洗臉時，我看著自己在鏡子中哭過的臉。

「唉，為什麼變得那麼沒精神呢？」

雖然醜了一點，但應該也有可愛的地方吧？我曾經對妹妹說以前的自己很漂亮，然而現在看著自己的臉，我再也無法說出這些話了。

現在僅存為數不多的表情裡，只剩下哭泣、微笑、一本正經和嘟嘴了吧？

我努力裝出一副活潑、開朗的表情，但是連一小時都維持不了。

我已經無法唱歌了，嘴唇四周的肌肉已經僵硬，腹部肌肉也失去力量，只能發出類似蚊子嗡嗡叫的聲音……

迄今為止的一週裡，我每天都要吃那些白色的小藥片。說話的節奏可以稍微變快一些，吃東西也變得比較容易吞嚥，右腿的痙攣也約略有些緩和。不過伸腿依然困難，偶爾疼痛的症狀依然不見好轉。

秋天的節日

〈文化祭〉

媽媽和妹妹來看我了。

看到I老師在舞臺上跳舞的樣子，媽媽哭了。

「怎麼了？」我問道。

「老師真的很拚命在跳……換作普通學校的話，只叫學生上去跳舞不就可以了？老師和學生一起認真跳舞的樣子讓我很感動，所以才不自覺想哭。還有演猴子角色的那個小孩，他走路的樣子就像是小兒麻痺患者一樣對吧？他只能那樣子走路，所以最適合扮演那個角色了。大家看了都在笑，不是嗎？但是媽媽反而卻哭了呢。」

我想我會那麼愛哭，八成是媽媽的遺傳吧？

「但是媽媽，四月的時候，我看到S同學跌倒後竟然笑得出來，感覺好不可思議，覺得她簡直是超人耶！我那時候心想，我要是也能變得那麼堅強就好了。不過現在的我跌倒也能笑得出來了，不過不是在笑跌倒的方式，而是像剛才看見猴子穿的衣服一樣，不自覺笑出來的。」我回答道。

〈運動會〉

想不到養護學校竟然也要舉行運動會。

我反覆思索……不能走路的人要用什麼方式參加呢（我忘了還有能走路的人以及輪椅的存在）？

若是互相幫助、協助，彌補各自不足的地方，想必在完成後，大家都會有成就感吧？

重症患者們的舞蹈，都得要自己構思。

在枯葉散落的地方，倒楣的我搞錯了棲息處，宛如落地的葉子。但是，我還是拚命像蝴蝶一樣飛舞（在心中飛舞……）。

我以為現實裡的重症患者根本不可能將事情做得完美，但在圖書館看到錄影帶後，我卻猛然驚醒。

誰說不能將事情做得完美？有志者事竟成！

一邊跳舞、一邊抬頭望天空，將那柔和且一望無垠的藍色深深印在腦海中。

和東高運動會最大的不同之處在於，我由局外人變成了當事者。而我的思維方式，也從重病症患者什麼也做不到，轉變成有志者事竟成。

「亞也，有志者事竟成，從現在開始才真正是關鍵時刻哦。」

「落葉積攢亦能成蔭，天生我材必有用。」老師們都替我打氣。

「能體認到自己由局外人變成當事者，可見亞也的心已經改變了。」就連山本醫生也這麼說。

鈴木老師結束長期研修回來了。

他說起與重症患者的孩子共同生活、學習的過程。

「有些孩子年紀雖然已經十歲，但心智年齡卻如同嬰兒；有些孩子無論對他們做什麼都沒有任何反應，而有些孩子還把石子或泥巴放進嘴裡——透過實際觀察，我認為一歲的孩子該要有一歲的指導方針。還得繼續努力，各方面需要教導的地方太多了。無論是身患重症的孩子，還是教導他們的老師，就像亞也跟我，大家都要努力，要加油喔。」老師說道。

有時我會想，如果我的智力能和身體的不自由同等比例，或許我就不會感覺如此痛苦了。

但聽了老師這番教誨，我深深為自己的「不知足」感到羞恥。

讀國小的時候，我曾夢想自己將來長大要當醫生。

國中時還曾設想將來去讀福祉大學，所以將東高的文組當作第一志願，雖然理想已經改變，但是想做對他人有幫助的事，這種心情始終沒變。

現在目標還沒有確定，可是畢業之後，我很想替那些不能動彈的孩子們做飯，不知道這點願望能不能實現，我還想透過牽手來讓人感覺到人性的溫暖。

難道連一點點對別人有用的事都做不了嗎？

以前小亞曾說：「如果我不要出生在這個世界就好了。」

我當時聽了之後心頭一震。

不過，心底那些討厭的事能夠隨著嘆息一起煙消雲散，那種暢快卻很令人驚訝。只是話說回來，我知道像她一樣癱瘓的孩子，也只能這樣思考了。想到這裡，不禁替她覺得難過起來。

我，已經無法回到從前了。
我的身心都像失去彈性的海綿一樣疲乏。
老師，救我！
用哭累的身體，開始解答數學的表格。
結果和標準答案一致，好開心喔！
但這樣還是不行，因為我竟然足足花了五十五分鐘……

年終

我開始寫起賀年卡。
以前只知道４４０（豐橋）和其他兩、三個郵遞區號。今年因為轉到岡養，朋友和老師一下多了起來，於是知道的郵遞區號也相對增加，日本好大啊。

大家都在忙著年終大掃除、搗年糕和購物，那我該做什麼好呢？

「亞也，妳看起來挺有精神的，來幫忙擦地板吧。」

「嗯。」

抹布已經幫我擰乾準備好，扔在走廊上。

我對於迎春這件事絲毫不感興趣，為什麼不能好好考慮怎麼進一步地調整情緒，思考一下明年的抱負呢……

反覆無常的情緒讓我大哭起來。

我的命運難道只能從此走下坡嗎？

東高的老師曾經說：「解答現代國語的問題時，最重要的一點在於，要一眼看出問題問的是什麼，並遵照題目正確作答，並撇開先入為主的狹窄觀念。為此，平常生活就必須閱讀大量的書籍。書看得越多，先入為主的偏見也才會隨之改變。」

我也看過許多書，對作品中各式各樣的人物都有接觸。

時至今日才明白，懂得觀察其他人內心真實想法的思維方式，原來全拜讀書所賜。

遇到無論如何也解釋不清的情形，我一向都會選擇中止談話，但最後總是會很後悔地心想：早知道就不要那樣……這也是我之所以總會容易變得憂鬱的原因。

開始試著練習書法。

今年第一次用細頭毛筆沾墨書寫。

臨摹字帖上的書法很難，而沒有樣本的人生更是難上加難。

這次要寫的字是「坦誠」。

眼珠突出、語言障礙

マ、ワ[11]、バ行還有N的鼻音越來越難發了。

化學課被老師叫起來回答問題，明明知道答案是加號，卻無法發出加的音。口形可以吻合，但卻無法發聲，脫口而出的只有空氣，因此變得無法和其他人溝通。

最近，自言自語的時候越來越多了。雖然以前感覺「很討厭，像白痴一樣」，但現在

11 羅馬拼音 wa。

為了訓練發音，反而開始積極練習起來。

要說的話和以往相同，最大的不同處，就在於現在沒有人聽我說話了……

我想當學生會的候補文書。國小五年級時曾經挑戰過一次。

因為要站起來面對大家演講，所以必須事先進行語言訓練。

要訓練又要念書，該做的事情太多，結果累到脖子都轉不動了。呵——

國小的時候，也曾經跟同班同學有一場大決鬥。起因是我帶著小熊（狗名）去廣場散步時，正好碰見同學跟他哥哥也帶狗出來散步，結果兩隻狗竟然打了起來。

「為何會讓牠們打起來呢？」

「因為是我哥叫牠咬的。」

我聽完瞬間火冒三丈。

「難道你哥哥叫你去殺人，你也可以心平氣和地去殺人嗎？哥哥說的話也不一定全部正確吧!?」（媽媽傳授的論點）

同學聽完並不認同我，狗打完接著就換成人打了起來。

真是氣死我了！即使頭被扯下來我都不打算停止。

還好有老弟跟妹妹一起來助陣。

那時候因氣憤而產生的正義感，應該很適合用在學生會幹部身上吧。

語言障礙越發嚴重起來。說話的時候，總是很浪費雙方的時間。

交談之際，我只能說「那個……我想……」這種言之無物的話。如果事先沒準備好談話內容，就很難進行對話。

「天空好美啊，雲朵看起來就像冰淇淋一樣！」現在的我，連這種抒發心情的樂趣都做不到了。心裡的挫折感很強烈，越想越覺得自己悲慘之餘，不自覺又哭了起來。

欲求不滿

老師把我叫過來問道：

「妳的心裡是不是還有想追求的事物呢？」

我啞口無言。

老師大概是根據我的提問，以及看完我寫的作文和繪畫後綜合判斷的結果。只是，我複雜的心情難道只是「想追求」一句簡單的話就能解釋的嗎？

身體從健康劇變為殘障，這讓我的人生起了很大的變化，而且我的病情還在不斷地惡化下去。

現在的我等於是在和自己戰鬥。

鬥爭的結果不但不會滿足，還要拚命整理苦惱、煩亂的情緒。

雖然找人吐苦水也不一定能解除我的煩惱，但我還是希望有人能體會我的心情，成為我心靈的支柱。所以我才會將所想及煩惱的事都寫在筆記本上，用來和鈴木老師交流。

其他的老師認為我可以自己消化、突破，但有沒有人為我想過，我身上所背負的行李是那麼沉重，沉重到我無法站立，甚至連動都不能動了。

我問媽媽：「我看起來像欲求不滿的人嗎？」

「誰都會欲求不滿啊。在當時不顧一切地說出來不就好了？如果總是在事後才在意被講了什麼或做了什麼，就會被當成一個只會不斷煩惱的人。」

我真是反應遲鈍。我自己不也曾經有過正常的日子嗎？

現在雖然生活在社會最底層，但不可思議的是，卻從未想過去死。

什麼時候，到底什麼時候才能擁有快樂的時光……

基督教的教義說，活在這個世界上就是一場試練。

莫非說活著只是為了找尋死後的自己嗎？……

聖經就在我的手邊，但我卻沒有心情閱讀。

我的飲食

我已經無法得心應手地使用筷子了。

右手的拇指無法用力抓緊，其他的手指也變得僵硬、無法動彈。往後，吃飯的方法自然也需要隨之改進──結果，除了流食外別無選擇。

今晚的菜單是白飯、炸蝦、通心粉沙拉還有湯。

首先，我將通心粉沙拉澆在飯上，細小的飲食都用這種方式處理。

炸蝦因為夠大，所以我還有辦法夾住，但麵類就慘了（我很喜歡吃烏龍麵的說……）。

吃飯時需要特別注意，要相準時機將食物放入口中，然後配合韻律調整口形，停住呼吸後一口吞下。

同學千佳因為右手活動不靈光，都是將盤子放在嘴邊進食。而小瑛則是將米飯、點心、醬湯全部放在一個盤子裡進食。我則是二人的綜合體。

我的左手還能動，暫時還拿得住飯碗。如此看來和普通人吃飯並無二異，偽裝成功！

很久以前看過一本由廣播主持人鈴木健二寫的書，其中有一段內容為：殘障人士在相親之前，首先要做的就是不隱瞞自己的缺點。

不過，我吃飯的方式應該是無傷大雅吧？

我試著問舍監阿姨：「是不是因為遲到才害我引人注目？」

「與其說引人注目，大家應該是覺得很可憐吧。」

我聽完頓時呆若木雞。

來到岡養了，卻還有很多事得靠大家幫忙，真的很抱歉。

殘障人士分為重度和輕度兩種，而我則是屬於重症患者。

三月

親愛的弟弟妹妹，恭喜你們國中畢業！

接下來的升學考也要加油哦。

每年我都迫切期盼春天來臨去野外吹風，但無聲下不停的春雨，卻讓今年春天格外感到寂寞。

對將來好不安啊……我的人生沒有前進，在不知不覺間開始倒退了。

我的希望到哪去了！

我已經無法想像自己將來可以變成什麼樣的人，雖然說有志者事竟成，但現在的我只能跟著命運隨波逐流，就連什麼職業適合自己也摸不清了。

媽媽說：「再忍一年。」

而我卻認為：「只剩一年。」

這之間擁有如此大的差距，已經無法拉近了。

不管是每天可以幸福上學的孩子、或是從小寄宿在學校生活的孩子，他們都和我不同。

他們不必躊躇，可以順遂地過自己的生活。

「慢慢來沒關係，但妳還是得好好遵守規定的時間！」

我因為動作緩慢老是遲到，因此R老師和舍監阿姨都異口同聲地對我說出這句話。

而且即使是掃除，我也討厭你們說：「只要慢慢擦完就好。」你們別再騙我了，真是太過分了……

向來親切的舍監I阿姨，總是用媽媽一般的關愛包容我，我最喜歡她的溫柔了。聽說她晚上總是睡不著，真想縫個布娃娃送給她。

舍監Y阿姨則總是說我動作太慢。

但之前我用十分鐘時間穿過宿舍三公尺長的走廊時，她卻一直在旁邊默默關心著。

兩個人都很溫柔，只是表現的方法不同罷了。

無意間聽到媽媽和舍監阿姨的對話。

「在我往生的時候，我想帶著這孩子一起走。」

想不到媽媽竟然對我如此用心。這才讓我真正明白什麼叫母愛。

之前忘記按下機器（電動輪椅）的充電鈕，現在電力快耗盡了。

真糟糕……現在爬坡只能慢慢地移動，害我的腰痛了起來。

我來到二樓走廊暫時休息一下，往下一看，發現土丘上有小東西在動，是一隻小狗……牠看起來好像很孤單。

老師經過我身旁看到這個景象，對我說：「狗也喜歡漂亮的風景呢。」

我想，無法用言語表達真實心情的動物，在不同角色或不同時間的情形下，也會被做出不同的詮釋吧？

畢業後的我該如何是好？這兩年時間裡，病情越來越惡化，媽媽和山本醫生談過話後，叮囑我要專心好好接受治療。

現在已經不是有沒有衝勁的問題，我也不再期待是否有人鼓勵我，而是只得繼續走下去不可了。

我把腿伸進被爐裡，邊吃著妹妹剩下的點心。

妹妹對我說：「加油。」

最近的身體狀況很奇怪，不但眼睛看不清，頭腦也跟著暈眩。

右腳的形狀開始發生變化，只有拇趾翹起，而其他的腳趾反而都像睡著一樣動也不動。

看到的感覺很詭異，這是我的腳嗎？

現在的我身高一百四十九公分，體重三十六公斤。總有一天，我將失去支撐身體的力量吧……

好醜的腳喔！

舍監G阿姨幫我替輪椅充電時，我說道：「我的病已經越來越嚴重，現在可能無法走路了。在病情不重還可以走路時，本以為或許能夠幫幫大家的忙，但現在我已經變成了這個樣子，最後還是得一直麻煩大家，對不起……」

我已經說不下去了，但是，我終於能勉強克制自己不掉淚了……

媽媽今天哭了。

「亞也得病是命中注定的事情，對爸媽來說，陪伴妳也是命中注定的事。亞也雖然難受，但媽媽也跟妳一樣難過，所以妳不可以為了一點小事就退縮哭泣唷，一定要堅強地活下去。」

我換上體育服後返回宿舍，喉嚨裡被痰堵塞住，好難受。

我的腹壓降低、肺活量也很小，現在不管怎麼做都無法咳出痰來，好痛苦。我有預感，將來一定會死在這些微不足道的小事上。

高中三年級

今年是最後一個寄宿生活了，於是今年我便隨性加入了康樂委員會。為了讓大家有一個快樂的聖誕節，我們拚命策畫派對、忙得不可開交。但是，為了別人而努力的這一年，我過得很充實。

「媽媽已經被瑣事搞得筋疲力盡了，亞也也要做好長期戰鬥的準備哦，加油。」

聽到媽媽的話，我對於只一味關心眼前事的自己感到很慚愧。

春天即將結束了，我從車窗伸出手托起隨風飄落的花瓣，深深感受到媽媽的關愛，感覺很安心。

早上起床的時候，比一個人睡覺時還可怕。

從疊被子到穿制服需要花上一小時、上廁所三十分鐘、吃飯四十分鐘，身體沒辦法靈活動作的時候，時間都還得再加倍。遇到人的時候無法說「早安」，所以我總是看著地板。今天早上，又因為跌倒摔傷下巴。我用手摸摸傷口察看是否有流血，接著鬆了一口氣。不過接下來的幾天，肩膀和手腕的身體關節都痛到難以言喻。

洗澡時我無法抓穩身體的重心，因此緩緩地沉入浴盆內。

不可思議的是，我竟然沒有死。

但是，我看見了透明的世界，或許天國就是這種感覺吧……

試著將手放在胸口，感覺到撲通撲通的聲音。

心臟還在跳動，好開心。

我，還活著。

右邊的前齒開始鬆動了，難道是神經開始死了嗎？

今天是殘障人士團體的一日遊。

許多義工跟我們同行，一路照顧我們。我像三歲小孩逞強地說：「這個我可以自己來。」但嘴上那樣說，然而實際上心裡很痛苦。

我們的同伴悅代躺著吃飯，而她的旁邊走過一個女生，用很奇怪的表情看著她。她應該是覺得可以坐著吃飯的自己很幸福吧？

這樣想想，殘障人士除了身體有差別外，其它部分和大家並無二致。

同行的妹妹（四歲）說：「亞也姊走路晃來晃去的樣子，看起來很漂亮耶。」

聽見這句殘酷的話，我忍不住將口中的茶噴了出來。

就因為是小孩，才會在無意間說出這種傷人的話，真可怕……

畢業旅行

感覺非常困難的旅行開始了。媽媽將家事託給爸爸，和我同行。

畢業旅行的感想文——————————

○鴿子與我的和平公園

啪啪啪飛來的鴿子咕嚕咕嚕地叫著，牠們一開始因為害怕輪椅總是不敢前進。但之後發現我手中拿的飼料，終於向我的肩頭和手上飛來。我想，鴿子應該也認為丟下原子彈的人很過分吧？

我們剛剛參觀了核爆史料館，館裡的燈光昏暗，只有展示物上頭打著明亮的燈光。讓本來就十分灰暗的氣氛，無形中顯得更加沉重。

爆炸當時的模型裡，有穿著破爛衣服的母子手挽手正在逃離現場。周圍火光沖天，他們身上跌傷的地方呈現一片紫紅色的血瘀。「好噁心的感覺。」在我身後的媽媽嘀咕完，接著又將臉轉向一邊：「這樣講好像不太好，應該說『真可憐』，他們也不是自願變成這樣的。」我倒沒有因為這些展覽品而覺得心情不好，因為光是這樣還不算核爆，光是這樣還不算是戰爭；而對戰爭一無所知的孩子們，只是在勉強自己瞭解罷了。

因核爆症而死的貞子折了一隻紙鶴，是用紅色透明藥紙作的。所謂核爆症，究竟是什麼樣的疾病呢？據說三十五年後的今天，還存有被這種病折磨的痛苦人們。這難道是遺傳性的疾病嗎？我雖然問了媽媽，但還是不太明白。

我們還看了燙傷馬皮的標本、被輻射線烤焦的瓦片、軟綿綿融化的瓶子、漆黑的鋁製飯盒，破破爛爛的戰爭服……。這些事實毫不留情地呈現在眼前。我們並不瞭解戰爭，然而此刻雖然對戰爭一無所知，也不能別過臉去、無動於衷。雖然不願面對，但必須明白日本廣島因為核爆而犧牲許多人。並且，我們絕不能讓這樣的慘劇二度上演！我想，這樣的誓言才是對死者最好的祭品吧？

後來我感覺到，史料館裡還有其他廣島當地的小學生。在這些孩子的眼裡，坐在輪椅上的我大概就跟那些展示品一樣讓人心情欠佳吧？不過我不該過分揣測他人的眼光，一定是輪椅或是坐輪椅的人十分罕見的緣故，我想我還是一心一意專注盯著展示品比較好。

鈴木老師帶我下了臺階，從討人厭的目光和沉重的氣氛中解脫出來，我長長呼了一口氣。而外頭淅瀝嘩啦下起了小雨。

媽媽要幫坐在輪椅上的我穿雨衣，但因為很難看的關係，我拒絕了。不過即使披上雨衣大家也沒說什麼，於是就勉強配合媽媽穿上它，頭頂也蓋上手帕。

新發的嫩葉很漂亮，被雨水淋溼的樹木在渾濁的天空下散發光輝。樟樹黃綠色的嫩葉把黑色的樹幹映照得好美，我真想試畫一張現場的寫生。

穿過綠色的林間小徑往前走去，「和平之鐘」頓時呈現在眼前。由四根柱子支撐的圓形頂棚據說代表宇宙，環繞在四周的池塘中種有看似枯萎的蓮花，好像也是大有來頭。

「想敲鐘的往前站一步。」老師說。

寺田和粕谷敲鐘的身影映入眼簾。咚——咚——餘音環繞在我耳邊，再緩緩地消失在遙遠的天際。聽著鐘聲宛如在祈求著「和平」，雖然我沒有敲鐘，但我還是有想要做到的事……想到這裡，我於是閉上雙眼開始祈禱。

及時雨將太田河染成了土黃色，當原子彈落下時，痛苦的人們填滿了這條河流，人們扯開嗓子在河裡高聲尖喊著「好燙！——好燙！」。雖然只是腦海中的想像，卻比實際所見的資料更加令人感到害怕。

鴿子啪嗒啪嗒地停在我的肩膀、手臂和膝蓋上。牠們的腳柔軟且溫暖，一看見我手上持有飼料，不知不覺間已經聚集了一大群。因為是普通的鴿子，看起來並沒有特別漂亮。其中有幾隻獨腳鴿，雖然不方便，但仍可以走動。我留意到牠們，想給其中幾隻獨腳鴿餵食，但卻總是辦不到。為數眾多的鴿子裡，即使有一、兩隻奇形怪狀的混在其中，也應該是正常的吧？如果牠們也像我一樣患有無法步行的重度殘疾，想必連生存的可能性也沒有了。這讓我不禁深深慶幸自己生為人，而活在「和平」世界的我們，又有什麼資格去祈求「和平」？事後想想，我的祈禱還真是無聊到極點啊……

這個期間，我不只想餵獨腳鴿，也想給其他正常的鴿子們一粒飼料。這在人類社會裡就是所謂的「福利」吧。看著鴿子咕咕咕地吃著飼料，我心裡這麼想著。

將來

夢裡的我，雙腿也無法動彈了，而且我竟然看見自己坐在輪椅上（以前夢裡的我都是可以走路的）。

右手對於細微的動作已經非常不靈光。以前，山本醫生曾說過要讓我練習使用左手，現在想想，莫非當時就已經預測到將來右手的功能會退化嗎？

今年暑假預定第二次住院，屆時再和醫生討論將來吧。

教室裡一片亂哄哄的，大家正在就未來的出路展開交流。

我想報考公務員的資格。

爸爸說，想報考也無所謂，只是未來還是令人擔心，不希望我外出工作。

媽媽說，上班根本是不可能的，還是放棄吧。

雖然不知道病情會惡化到何種程度，但我仍想將此作為目標，全力一試。

我真笨，怎麼到現在才發覺放棄升學轉而求職背後的問題？我沒有考慮到自己的能力是否符合老師說的「就職」，只是一味以為自己符合就職的條件罷了。

應該再多花點時間謹慎考慮看看才對。

18歲——
眞相大白

今天因為某件事而受到不小的打擊。

以下是和小妹（四歲）的對話。

「我也想變得像亞也姊一樣走路搖搖晃晃的。」妹妹說。

「如果變成這樣，不但不能走路，也不能奔跑了喔！讓姊姊一個人變成這樣就夠了。」我心平氣和地回答。

但妹妹馬上回嘴說：「不——要！」

這件事發生在我家玄關，不知身在屋裡的媽媽聽到後，心裡會做何感想？

最後的暑假

今天早上洗了澡（為了使身體柔軟）。

媽媽一邊喊著熱，一邊幫我洗澡。

我為自己的「一點都不熱」對媽媽感到抱歉，為此，我還特地親自完成擦汗這個高難度技巧。

吃完早餐後感覺到蛀牙很痛，反正現在待在家裡，我就任性地哭鬧起來。弟弟忍不住發起牢騷說：「妳幾歲了啊？」還邊說邊將冰塊放進塑膠袋裡給我冰敷臉頰。於是我開心地睡了兩小時的大頭覺。

媽媽回家後，幫我買了「新今治水」的牙痛藥。

之後我和弟弟玩起五子棋，尷尬的是，最後比數竟然是二比八。

妹妹因為打工很晚才回來，所以晚餐我替大家點了冷豆腐和生魚片。

晚上又摔倒了。我站起來想要關掉電燈，然後就這樣「撲通！」。聲音之大，驚動了媽媽飛奔過來。

「怎麼了，亞也？妳要好好動腦筋掌握生活的訣竅才行呀。要是妳一直跌倒，媽媽怎麼可能安心去工作呢？……」

媽媽邊說邊幫我在開關上繫了一條長繩。以後我的夜間動作一定要更小心謹慎。

今天開始房間大掃除。因為沒辦法好好使用吸塵器清理垃圾，只好以膝蓋著地跪著打掃。但是我很努力在整理，心情真好！

惠子來找我玩了。

我將自己　比喻為浮萍
和朋友只是互相凝視　用內心的根交談
好友目光閃耀地　敘說著自己的夢想

她對我說了許多將來的夢想，感嘆竟然就這樣不知不覺長大成人了。唉……明天就要住院了。

第二次住院—名古屋保健衛生大學醫院

這次的住院，主要以檢查病情、注射新藥以及復健治療為主。

還有一件與第一次住院不同的地方是，由於現在的我跌倒很危險，所以醫生叮嚀我不可以一個人外出。上廁所時我朝窗外瞥了一眼，望見灰色的牆壁和黑色的建築物，心情變得黯淡起來。

陪同我一起的護士小姐還問：「妳怎麼看起來這麼疲倦呢？」

最近眼球振動得很厲害（眼球振動＝眼球左右轉動）。去腦波檢查室做了檢查，發現醫生的腿也是有殘缺的。如果我全身上下還有一處健全的地方，這樣就應該可以工作了吧？

「為什麼要塗乳液呢？」我問。

「因為要做檢查呀。」

真是答非所問，難道普通人的對話也會變成這樣嗎？

同時存有身體殘缺和語言殘疾的我，在別人眼中應該就像個失聰兒吧？

為了更進一步詳細檢查，山本醫生開車帶我去名古屋大學附屬醫院。

醫生叫我一直盯著前方看，再突然向右望，這時我看見紅色的圓球一分為二。接下來若是再突然向左看，圓球的直徑比右邊小。

右半邊的運動神經障礙，果然正在不斷惡化。

我在車上詢問醫生，這次注射新藥時，會不會再像上次一樣感覺不適應，會不會沒有效……？

心裡雖然希望阿基里斯腱未來能夠變得更柔軟，但我卻先提出語言障礙越來越嚴重的問題。

醫生說：「語言的障礙嗎？……即使發音變得越來越困難，妳也一定要堅持到最後無法說話為止，聽者有心的話，一定會明白妳的意思。」

訓練

一、我開始練習使用拐杖。因為右手使不上力，看起來總像快要跌倒的樣子；
二、練習從椅子上站起來。
三、如果不將膝蓋打直就無法走路，但因為一起身就暈眩，根本做不到。
四、做手工藝。例如說織毛衣或做手工藝品……等等。

住院第二十天，我再次接受身體機能的檢查。聽到結果竟然「沒什麼變化」，差點沒昏過去！雖然後面醫生又補充說：「也沒有惡化。」但我還是感覺很沮喪，這段期間竟然一點也沒有好轉。

在復健室裡有許多身體不自由的大人，但小孩卻很少。

我看見一個因為腦中風而半身不遂的叔叔，他咬牙切齒，跪在墊子上努力練習用膝蓋站立，我的眼淚不禁浮了上來。

「叔叔，現在還不是我該哭的時候，雖然心中的難受程度遠比哭泣更強烈，但我暫時先將眼淚保存在心底，直到你的練習成功為止，叔叔也要加油哦！」

我用眼神對他訴說著。

為了走路，到底要付出多少精神和勞力呢？一想起這個，我心裡便焦躁了起來。

我回到房裡進行手握棒針的練習。與其說握，我的動作更近似抓，而且握住後就放不開。身體已經呈現僵硬狀態，也無法連貫作出握緊、鬆開……等動作，想握住這一根小小的棒針，我花了足足三十分鐘的時間。

為了不讓同一間病房的人覺得我的行為詭異，我於是唱起幼稚園時學過的歌曲：「手握緊，再鬆開……」

當院長和主治醫師回診的時候，都會有許多實習醫生跟隨在一旁。但聽到那時候的對話，我心裡總會很難受。

其一：她的小腦線路損壞。普通人可以在無意識中作出的動作，患者則無法成功反射給大腦。

其二：時常傻笑也是一種病症之一。

院長和主治醫師講話的時候，實習醫生們雖然總是很認真地聆聽，但卻一臉厭倦的表情；此外，看起來似乎也不太用心。

平常聊起書本或是說到朋友趣事時，大家都會很快樂，所以我很喜歡實習醫生們。但是回診的時候，他們的表情總是那麼冷漠無情，簡直和平常判若兩人。

不過如果不認真學習，他們就無法成為好醫生了不是嗎？所以這也是逼不得已的……

在醫院除了復健治療、檢查、牙齒治療，還可以駕駛輪椅暢遊醫院。

我和許多患者及護士都成了好朋友。除了做飯糰給我吃的K小姐，還有那位給我哈密瓜的叔叔，一到晚上，我就會喊：「大家來房間看電視吧。」

實習護士們來我房間玩的時候，總會拿著霜淇淋作為禮物。八〇〇號房的阿姨還在我桌上的花瓶裡插入一朵鮮花，而真美小姐會陪我一起看童話。大家就像親戚一樣快樂地相處在一起。

即將出院的叔叔含淚對我說：「妳一定要堅持到最後一刻，加油！」

我真的在醫院遇見了各式各樣的人。

大家都說：「亞也真了不起，真佩服妳！」
但我卻一點都感覺不出來自己哪裡了不起，因此感覺很羞愧。雖然這只是很短的一段時間，卻一定會令我終生難忘。

畢業

臨近畢業，有關殘障人士該如何走向社會、就職場所的介紹……等課程，都相當熱門。
剛進東高時，我的學習目標是將來能考上大學。岡養二年級時，我還能夠走路，因此認為將來起碼還能就職。到了三年級，一切都已經化為空談。
××先生＝××公司、××小姐＝職業訓練所、木藤亞也＝在家……
這就是我決定的出路。
這兩年來，學校教導我「認清殘障的事實，從新起點出發」。雖然痛苦，但我依然奮鬥堅持下來了。

只要心中有明亮的陽光存在，無論下大雨還是刮颱風，之後總會雨過天晴。我就是懷著這種不安的心情，一直堅持到畢業。

如果我一直勇往直前的話，我的人生道路還會有陽光出現嗎？吞噬我身體的病魔，好像不知道自己停留在這裡，大概直到我死後才能將我從痛苦中解放出來吧？

我想利用這十二年學校生活裡學到的知識，以及從老師和朋友那裡得到的教誨，做一些對社會有貢獻的事。

哪怕是多麼微不足道的軟弱力量，我也會毫不吝嗇地付出。接受大家關照這麼多年，現在是輪到我報恩的時候了。

我對於世間可以做出的貢獻：為了醫學的進步，在死後捐贈身體，將腎臟、角膜……等還能使用的地方零散分給大家，讓患病的人們各取所需，大概只有這些了吧……

距離畢業典禮已進入倒數計時。我不想畢業！不想和大家分別！

因為我看不見下一道光芒的所在……

因為此後的我必將孤獨一人……

鈴木老師不知道會不會收下往後我寄來的信，因為有時候會想傾訴煩惱，希望老師不要嫌我麻煩，大人和大人之間不都是這樣來往的嗎？……

居家

解開一堆堆寄宿時使用過的行李，我心裡無比懷念，感覺自己像個老年人一般。

父母外出工作，弟妹也分別去學校和幼稚園上學，大家的生活都很有規律，家裡只有自己的存在像是累贅。稍微一下也好，我應該要規畫一下自己的生活。

一、像謝謝、早安之類的招呼一定要說。

二、話要清楚發音。

三、成為有主見的大人。

四、訓練自己。增強體力，幫家人忙。

五、尋找生路。在非做不可的事做完之前，不可以死。

六、家族生活規律化（吃飯、洗澡等）。

可惡！——可惡！——我用腦袋使勁地撞向枕頭。

早上八點到傍晚五點這段孤獨的時間裡，如果再日復一日無事可做，只會讓自己感覺更加寂寞。

我每天寫日記及寫信、看電視劇《徹子的房間》、吃飯，還訓練自己擦地板，生活算是時間自由但行動不自由。

晚飯時還好，但一到睡覺時間寂寞就再次來襲。一想到和今天一樣的明天又要來臨，本來是跪坐姿勢的我竟然直直向前倒下，好不容易裝上的義齒又折斷了。

媽媽說：「亞也小姐，妳最近聲音變得越來越小了唷。這大概是因為妳肺活量變小的原因，我看還是訓練自己大力發聲比較好。妳白天試著大聲歌唱吧，反正沒有人會聽見。現在開始，妳用讓大家都嚇一跳的聲音使勁喊，把大家都叫過來集合，來，試看看。」

我坐在床上挺胸抬頭：「喂——」

我試著喊了一聲，但音調太高，兩人同時哈哈大笑起來。再試一次。

「喂——」剛喊出聲，就看到妹妹和弟弟一起飛奔至二樓：「發生什麼事了？」

「成功囉！」

「以後遇到有急事的時候，你們如果聽見亞也『喂』的叫聲，就要趕緊過來哦！現在兩位既然在這裡，我就請大家吃點心吧——」

媽媽開著玩笑，大家一起笑著吃起了香蕉。

第三次住院

我想在醫院中治好全部的病，因為未來畢竟還要依靠身體生活……

二十歲之前，難道真的無法確定一個未來嗎？不是說有志者事竟成嗎？……醫生，請助我一臂之力。

「我要拜託山本醫生。」

雖然我一直警告自己：現在沒有時間哭哭啼啼了。但是，想要阻止病魔蔓延，單憑我個人的力量是無法做到的。

山本醫生說：「這次住院的妳已經不是學生了，妳好好安心養病，直到徹底康復為止。還有，記得要努力活下去哦。只要活著，就一定能等到有效藥物開發出來的那一天。日本的神經醫學和國外相比一直落後，但是最近，已經以突飛猛進的速度向前邁出一大步了。白血病在幾年前還是治不好的絕症，但現在已經出現痊癒的患者了哦！我也會努力學習，會想盡辦法治好跟亞也一樣的病患。」

我聽完忍不住掉下了眼淚。但今天的淚水是喜悅的淚水。

「謝謝醫生，謝謝你沒有放棄我……這已經是第二次住院，而且也試了新藥，但病情還是沒有起色。我一直擔心醫生是不是會對我心灰意冷，放棄治療我了。」

滿臉淚痕的我哭到說不出話，只是拚命地哽咽點頭。

媽媽轉過臉背對我，我看見她的雙肩在顫抖著。

我感謝上天讓我有幸遇見山本醫生，每當我身心俱疲、即將溺斃的時候，醫生總是會駕著救命小舟及時趕到我身邊！

即使外診的患者人滿為患，醫生寧可不吃飯，也要從容聽我講完話，然後給予我希望和光芒。

「只要我還身為醫生，就絕不會放棄對亞也的治療。」雖然只是短短的一句話，但其中包含的是無比的堅定和決心……

距離畢業已經過了三個月，我收到就業中的朋友來信，信裡述說他為了適應公司生活所做的努力。但三個月後的今天，我卻為了治療身體的問題，在醫院裡打發人生，還得從人生新的起點重新出發……

在廁所裡唱了一首演歌「玫瑰盛開時」，當作全新一天開始的序曲。現在為了增加肺活量開始練習口琴，而口琴發出的聲音真的非常好聽。琴聲給我的感覺，好像無論討厭的事或是人類生老病死的問題，都全被吹跑了一樣。於是我暫時忘掉了眼前的煩惱，繼續吹奏下去。

今天去復健治療室的途中，我順便去上廁所。但是在往馬桶坐下時不小心跌了個空，整個訓練褲後面都溼了。

現在的時間已經不允許我再替換新褲子，我只能這樣繼續前進。訓練走路的時候，Y醫生碰到我訓練褲後方的鬆緊帶，他似乎知道剛才發生的事，便離開這裡走掉了。

亞也被丟在平衡桿的訓練場，獨自進行所謂保護右腳（為保持腳後跟呈九十度）的訓練。我在指間夾著軟泡棉，撐著平衡桿緩步向前走去，搖搖晃晃地走著……

「走路速度要再加快一點喔。」Y醫生看見後說道。

「我的腳無法和上半身還有腰一起前進。如果硬要保持一致，一緊張就只剩雙腳支撐地面，哪可能不跌倒？」

我很想說出這些話，但想到溼漉漉的運動褲帶來的不快感，便不發一語決定沉默完成。

鏡子

我剪頭髮了。但是我沒照鏡子，因為討厭看見自己清純的樣子，也不習慣露出假笑或是奇怪表情給那些想看的人。

但是，復健治療室裡卻有一面大大的鏡子。

「妳必須看著鏡子，矯治自己動作的缺點。」這是O醫生告訴我的。

我腦海裡所描繪的身影，是我健康時期的普通女孩模樣。而鏡子中反射的自己，樣子一點都不美。

我的脊椎因為彎曲導致上半身傾斜。生病的事實就是事實，我只得面對。但如果要提到身體的殘缺，我卻無論如何都不肯屈服。

做不到的事，我真希望可以借助嚴格的復健恢復正常，讓它一一實現。

我真希望「意志」可以戰勝「身體」，但卻失敗了。我的臉色蒼白，身體過度痛苦而鬆開脖子上的手。因為我的身體知道自己在自尋死路。

「注意，不要太拚命了。」

今天在廁所跌倒了，頭部受了重傷。喉嚨裡的痰咳不出來，頭也痛得厲害。
「我該不會快死掉了吧？」我心裡想。
外面的閃電呈直線狀閃閃發亮，其後雷鳴聲轟隆響起。
我坐輪椅去走廊打公共電話回家，接電話的是媽媽。
「亞也，等不及星期天了吧？還剩三天，妳有沒有想要什麼東西？我有幫妳洗衣服唷，啊，外面在打雷耶！」
「嗯，我聽到了。」
我想……還是死了算了。

失竊

每個星期我都要親自洗一次衣服，先從八樓的病房到一樓，裝了滿滿一大袋髒衣服，將錢包放進輪椅後面的袋子裡，接著前往電梯門口，準備出發！

排隊洗衣服的人還很多，趁這段等待期間，我坐在前廳看書。

阿姨叫到我的名字了。好，開始吧！

我把手伸向袋子裡，卻沒有摸到錢包。可是我記得我確實放進去了，但摸索好幾遍都沒有找到。

後頭等待的男人問：「怎麼了？」

「我忘記帶錢包了，你先請吧。」說完我就趕緊離開了。

我的背後沒長眼睛，想像不出人們看我的表情。

掉了四百日圓，還沒加上錢包的價值……媽媽，對不起……

養護學校的鈴木老師和都築老師一起來探望我。雖然距離畢業時間已過了四個月，但老師一點都沒變，真好！

「老師，要不要躺躺看我的床？」

「躺醫院的床不太好吧？怎麼了，我看起來很累嗎？」

「沒有啦，只是想要床上帶一點老師的味道，這樣晚上才睡得更安心。」

老師聽完，露出一副欲言又止的表情。

妹妹來看我了，於是我們坐著輪椅外出。陽光刺眼到沒辦法睜開眼，我的皮膚太白了，好想晒黑一點喔！

我發現一件令人驚訝的事，桃樹和山椒樹上竟然有秋蟬在鳴叫。

不會吧？——夏天就這樣過去了嗎？

妹妹看起來一臉心情不好、死氣沉沉的，是因為找不到自己的未來嗎？我也不知道，所以有些擔心她。

妹妹在精神上比我更加獨立，家裡最離不開父母的，說穿了還是我自己。

有一位半身癱瘓的電器行叔叔，到一樓的花店買了姬百合送我。

叔叔只有一隻手能用，他只能將錢包遞給花店的阿姨，讓她自己從裡面取出二百五十日圓。

「希望它快開花。」叔叔把花交給我時對我說道。

這一瞬間，我在叔叔的臉上看見溫柔的光輝。

將逐漸盛開的百合花蕾
溫柔地放在唇畔輕吻
如同媽媽親吻剛出生的嬰兒

宣告

・與剛住院時相比，體重有些許增加。
・手握平衡桿可以來回往返兩次，但離日常行走的程度還很遙遠。
・說話時，對方詢問的次數越來越多，雖說筆談是最後萬不得已的手段，但現在偶爾也會有使用筆談的時候。
・吃飯由定時制改為少量多餐制。

今天是出院的日子，我拚了命也要把握最後一次洗衣服的機會。凌晨四點半起床，到洗衣間時發現竟然空無一人。不用排隊當然是好事，但是要把衣服從脫水機放入烘衣機裡的時候，因為我無法站立，不管怎麼努力都做不好，要是有人能幫我的忙就好了。

「媽媽，幫幫我——」

我在心裡用力地呼喊，但仍然做不到。像這種情況，往後還會一直發生吧？

山本醫生告訴我：「妳的病情正在逐漸惡化，我們短時間內無法阻止它。如果想要使病情緩慢發展，只得進行刺激腦細胞的訓練。除此之外，別無他法。」

雖然聽完後心裡很痛苦，但仍然要感謝她告訴我真相。

前方的路那麼狹窄，我將來該如何生存下去呢？或許未來路上會險阻不斷，但我一定會向前看，不畏艱難、勇敢地活下去，絕不能失去信心跟希望。

醫生很溫柔地說道：「妳要小心感冒哦，一旦發覺呼吸困難或發燒，要立刻打電話過來。記得做深呼吸的訓練，為了讓阿基里斯腱能伸直，妳要加油。」

醫生、同房的病友還有護士小姐們，謝謝你們。或許將來還有要麻煩你們的地方，到時候也請多多關照。

19歲——或許已經無藥可救

妹妹送我一件襯衫，作為慶祝出院的禮物。

今天原本打算度過充實的一天，結果卻只是吃飯、刷牙、上廁所、睡覺，就這樣把一天的時間給混過去了。

晚上請媽媽幫我剪頭髮，伴隨喀嚓喀嚓的聲音，我的頭髮越來越短了。自己的頭髮模樣自己卻無法作主，心中的無力感已經不是靠咒罵就可以抒發了。不過站在父母的立場想一想，媽媽也是希望我少花點時間在梳頭上，才會做這種決定。一照鏡子，感覺就是典型的山本醫生頭。

孤獨

如果能夠治好病，我就可以像普通人一樣走路，可以流利地說話，可以靈活使用筷子……這些想法只是假設而已，是永遠無法實現的夢想。

可是我已經下定了決心……身為殘障人士，往後勢必一生都背負沉重的負擔，但是即使痛苦，也要頑強地活下去，絕不能屈服。

在醫生說「不可能治癒」的時候，我竟然希望自己的生命可以驟然消逝……我怎麼會有這樣的想法存在呢？

媽媽，我總是害妳為我擔心，但我卻無法報恩，對不起……

弟弟妹妹啊，身為姊姊分內的事，現在卻都由媽媽代替我完成，原諒我哦……

苟延殘喘地活完剩下的歲月，就是我生命的全部。

唉，我究竟該怎麼辦呢？

我從長年居住的二樓房間搬到一樓的日式房間了。

這是一間距離廚房、浴室、廁所都方便，大小約六塊榻榻米、是家裡最接近走廊的房間。打開大大的玻璃窗就是庭院，每次總能看見小黑正在朝這裡張望。

小黑已經生了四個寶寶了，還沒有睜開眼睛的狗寶寶，正在熟練地找尋乳房吃奶。這時候的小黑看起來真偉大呀。今天早上，百合花的花苞盛開了。

那隻小母狗就取名叫百合吧！

愛

晚上有一場相機功能說明會。弟弟拿著化學作業，還有新買的相機到我的房間裡。莫非是因為擔心我一個人太寂寞，所以過來陪我的嗎？弟弟好貼心唷。

他高高興興地花了兩小時說明相機的功能，然後連作業也沒寫就回到自己的房間去了。

臨走時他還說：「明天要五點起床，我們帶小狗去玩丟石頭的遊戲。」老弟，不好好寫作業不行吧？而且，小黑的寶寶好像還沒有能力玩丟石子的遊戲吧？

我已經感受到家人圍繞在我身邊滿滿的愛了。但是，我卻無法給予家人任何愛的回饋。

既不能流利說話，也不能用行動表達……只能用盡全身力氣擠出微笑，作為對大家最大的回報！

現在每天都要早睡早起！

為了要讓刷牙更迅速，吃飯也不會拖拖拉拉，每天的訓練絕不能偷懶。這就是我唯一能回報大家所做的努力。

自我訓練：

站立十次、抬臀十次、左右側躺各十次、抬手五次、扶物站立十次、深呼吸三次再吹口琴、然後再深呼吸三次（如果吹口琴時鼻子不呼吸，就能發出很好聽的聲音）；手指訓練主要是做細工、織毛衣；發聲訓練則是朗讀童話……

晚秋

蟬已停止鳴叫，和蟋蟀不知何時悄悄交替了接力棒。早晚寒氣襲人，我感覺體力和氣力都衰退得異常厲害。

我還能繼續活下去嗎？

即使我現在就死了，也沒有為大家留下任何東西。

愛——僅憑藉這一點而活下去的自己，是多麼悲哀啊……

媽媽，像我這麼醜陋的人，真的有辦法繼續活在這個世界上嗎？

我想如果是媽媽，一定可以在我身上發現某種閃閃發亮的特質。請指導我。請引導我。

眺望庭院，美人蕉盛開，思念著你

早上，小狗清亮的叫聲讓我睜開雙眼，陽光透過窗戶照進房裡。我在被子裡稍微停留了一段時間，默默看著這景象。

小傢伙都長大了呢！前不久還只會發出「嗚嗚」叫聲的小狗，現在發怒的樣子也很恐怖了。

一想到這件事和自己很類似，我不禁苦笑起來。

我想去花店，買一束粉紅色的玫瑰花；我也想去蛋糕店，買霜淇淋好呢？……還是買奶油蛋糕好呢？就現場決定吧！

我想去酒店，對臉色紅通通的叔叔說：「買一瓶『紅玉牌HONEY WINE』。」送給弟弟。

今天終於買到了《窗邊的小荳荳》，完成了我的一大心願。

愉快的工作完成後，我將貼花作品（把布裁剪成同樣大小數張，黏貼在木製的圓球上）懸掛起來。

我既不能靈活使用剪刀，也不能輕易完成穿針引線的動作，如果尺寸不對，這個作品就無法完成了。因此在裁剪布的時候，我的表情異常認真。

晚上正要睡覺時，突然傳來「咚咚咚」的敲門聲（星新一[12]的作品中，這種場景經常出現）。

「請進。」

我剛說完，門「唰」地一聲打開了。一個身材嬌小的女孩走了進來──她不是別人，正是我的妹妹──理加。

「我有話要跟妳說。」不知何時，她的口氣竟然變得成熟起來。

「明天我要去幼稚園了。我不在家，妳要乖乖在家等我回來哦。還有，小心別跌倒哦。等我回來後再跟妳一起玩。」

聽完，我哭了起來。

我想消化從媽媽那裡得來的愛，再轉化成對他人的愛。

我餵小鳥花生，牠們高高興興地吃光了。但當我想清理籠子而打開下方金屬網罩的那

12日本科幻小說家，擅長創作極短篇。

一瞬間，牠飛了出來，消失在外面遙遠的天際。

雖然不知道自己能否在外面生存下去，也不知道外面是否有可怕的敵人存在，但牠還是飛了出去。我想等牠明白這一切後，牠一定會回來的。

想到這裡，心裡不禁沮喪起來，於是我開始寫信給老師和朋友們。

「幫我買那種用活頁夾裝著，看上去像是行事曆的筆記本嘛！看到這種像大學筆記本一樣的簿子，哪寫得出日記來啊？」我向媽媽撒嬌道。

媽媽說：「怎麼可以心情好就寫，心情不好就不寫，這樣太任性了。妳如果不寫日記，就不會清楚身體狀況的惡化程度，所以必須要寫哦。」

看來媽媽又教會了我一種新的生活樂趣。

晚飯的時間，又被媽媽問起：「又心情不好啊？」我則無言以對（人家只是肚子餓了啊）。

感覺似乎得了感冒，在床上休息時，妹妹理加來探望我。

她坐在枕畔，用彩色筆在我的枕頭套上畫了一隻兔子。

大小和真兔相同，身上還畫了三、四處小圓圈，那大概是打算畫花斑吧？

「我想妳晚上一個人睡覺可能會覺得寂寞，送妳一個朋友吧。」

理加的溫柔，讓我又感動得哭了起來。

今早的報紙上，記載一個坐電動輪椅的殘障人士通過了函授教育，並花費二十年的時間取得手錶修理資格的故事。

而我真是長不大。

我的心靈也已經停止成長了吧。

還有我能做的工作嗎？（弟弟說沒有，我也半信半疑。）

但其實也並非什麼事都不能做。現在能做的事情，似乎只有貼花和寫作之類的吧？不過即使沒有正式工作，我也可以擦地板、刷洗榻榻米，幫上媽媽一點忙。

本來想繼續貼花的工作，結果卻和妹妹玩了起來。

這期間，媽媽在幫我打掃房間。

我把髒東西就那樣原封不動地放置不管，好像和動物沒什麼差別。

媽媽幫我把黏在地板上的頭髮通通清乾淨了，真感謝媽媽。

不過過分乾淨的話，反而會使我定不下心來。

很想知道媽媽到底是懷著什麼的心情幫我打掃房間的？為了照顧麻煩的孩子，難得的休假就這麼匆匆過了半天……

「好可憐喔。」今天妹妹對我說道。

我問：「對亞湖來說，什麼事情才算有趣？」

「那亞也姊覺得什麼是有趣的事？」她反問我。

「沒有……」

「好可憐喔。」

……

我在二樓練習抓住椅子站立，然後訓練自己鬆開雙手。

但是身體搖搖晃晃的，連五分鐘也站不穩，如此拚命練習卻不能成功，為什麼？弟弟看見也說：「好可憐。」外面已經天黑了，明亮的電視畫面照亮了弟弟的臉。

我想到某個寬廣的地方。

我討厭狹窄的地方。

那會讓我感受到強烈的壓迫。

外面太冷不能出門。

我害怕一味思考死亡的未來。

我不能活動。

可是我想活下去。

不能動，就不能賺錢，也不能做對他人有用的事。
但我還是想繼續活下去。
希望你們明白。

妹妹理加在麵包上塗了滿滿一層果醬。
在吃的途中，果醬啪嗒掉了一大坨在地上。
「真浪費。」我心裡暗想道。
而媽媽卻說：「真可惜。」然後便開始打掃掉在地上的果醬。
我們的心情，為什麼會有這樣的差異？……
我試著從椅子上站起來，但最後失敗了，籃子裡的橘子因為我的動作而掉了一地。
此時我的心情也和媽媽一樣：真可惜呀。

殘酷

今天遭受到來自外人無情的言語傷害。

「××要是不乖乖聽話當個好孩子，將來長大就會變成那樣哦。」

今天去醫院複診時，差點在廁所裡跌倒，幸好媽媽及時伸手扶住了我。正當我死命抓住媽媽的肩膀時，旁邊站著一個身穿紅色格紋衣服、看上去約三十歲前後的阿姨正在對一個小男孩竊竊私語。

我心底是既傷心又羞辱。

「說那種話教育小孩子的人，等自己將來年紀大、行動也變得不方便時，一定也會被孩子說：『因為妳不是個稱職的媽媽。』這種錯誤的教育方式，遲早也會報應到自己身上的。」媽媽安慰著我。

我想，往後還會碰到很多像今天這樣的情形吧。

我回答媽媽：「當小孩遇見和自己不同的人，就會像看到珍貴動物一樣瞪大眼睛觀察，這本來是無可厚非的事；然而，大人卻把我當作小孩子的負面教材，這還是第一次遇到呢……」

或許是擔心我白天一個人在家太寂寞，家裡開始養了一隻貓咪。

我們很快就混熟了，牠在被子和桌爐之間鑽進鑽出，有時候還會跳到我的膝蓋上，非常可愛。

妹妹抱起牠，可能是因為摟得太緊，牠很快就掙脫跑開了。而妹妹越想抓緊牠放在自己膝蓋上，貓咪就越不配合，表情越顯得不屑一顧。

惱羞成怒的妹妹開始打起貓咪。

「不可以打貓咪。」

聽到我的叱責，妹妹一動不動地緊盯著我，改打了我一下。

「喂！」

我一副怒不可抑的樣子。

「亞也姊生氣了，她生氣了！」

妹妹驚天動地叫了起來。

「我不管妳了啦。」

妹妹跑去跟媽媽打小報告，當時我十九歲五個月，妹妹五歲七個月。

我過著老人一般的生活。

不再年輕，沒有活力、沒有生機、沒有目標……擁有的只剩逐漸衰弱的身體而已。

有時想想，為什麼非得活著不可呢？但矛盾的是，我又想活下去。

快樂的事似乎只有吃飯、讀書、寫作……僅此而已。但是對其他十九歲的人來說，所謂快樂的事又是哪些呢？

醫生在上次複診時對我說，明年長大一歲後還要再住院治療。但我害怕病情只是一味持續惡化，而無一點康復的徵兆。

想到此，除了哭也沒其他可再做的事了。難道我的人生只能在黑暗中徘徊打轉嗎？可惡！十九歲怎麼樣，二十歲又怎麼樣。為何不試著用自己的力量開闢自己人生的道路呢？

只要我一哭，大家就立刻變得相當緊張。

因為我一哭就會鼻塞、頭痛，加上身體疲憊不堪。

既然如此，為什麼還要哭呢？

反正無論是工作還是興趣，我都沒有可追求的目標。

無法愛人，甚至無法憑自己的力量站立、每天只會啜泣、只會哭。

望著鏡子反射出自己哭泣的臉，妳為什麼要哭呢？

午飯吃的是某牌子標榜「倒入熱水，只需三分鐘」的泡麵。

如果喝湯速度不放慢，很容易就會噎到而無法呼吸。這種生活真的好痛苦，如果沒有任何人在我身邊，一旦碰到無法呼吸的情況，死神很快就會奪走我的生命。

記得在岡養寄宿時，學姊知佳因為患有小兒麻痹而肌肉萎縮、渾身無力，只能用吞嚥的方式喝湯，而池口則使用吸管喝湯。

怎樣才能作到喝湯時不灑出來呢？莫非是負責吞嚥的肌肉力量衰退了嗎？我試著以唇邊當作重點，以小酒盅喝酒的方式，一點一滴地喝下去。結果竟然一滴也沒有漏出來，很開心。

另外還有一件令我開心的技巧。

以前理所當然的事現在竟然做不到了。最近我總是在去廁所前就尿褲子，感覺很丟臉。如果先有尿意才行動，最後一定會來不及。明白原因後，我決定從此提前去上廁所，這樣一來，想必尿褲子的情形會比現在大大減少。

有了對策後我心裡很高興，雖然很想告訴別人，但這種事哪能隨便向別人啟齒呢？所以我決定獨自分享喜悅。

同學會

五位老師再加上學生和家長共十七人，大家一起去日式料理店「田舍」聚餐。

大家看上去氣色都很不錯，真好。

吃飯前，大家都站在被太陽晒得暖烘烘的走廊上說話。只剩下我一個人坐在裡面。鈴木老師過來盤腿坐在我旁邊，如此一來，兩個人的眼睛就可以處於同一水平線上了。然後老師將手帕——據說是新加坡帶回來的特產，當作禮物送給我。老師的眼睛仍然像大象的一樣溫柔。

小洋用賺來的薪水買了大橋照子的《小櫻桃和愛因斯坦》這本書送給我。

而大家在愉快的聊天當中，也吃下不少美味的料理。

「難得可以吃一次日本料理，還能和大家碰面，果然還是活著比較好吧？」媽媽說。

「嗯，還是活著好。」我回答。

如果有個人一天只能說一、兩句話，這種人有辦法大言不慚地說自己能在社會中生活嗎？而我，現在正逐漸變成這種人。

如果有個人無法做任何事、沒有別人幫助就無法活下去，這個人有辦法大言不慚地說，自己可以在社會中生活嗎？而那個人，就是我。

想成為對他人有用的人↓為了不給別人添麻煩而用盡全力地完成自己分內的事↓沒有他人幫助就無法繼續活下去↓活著成為大家沉重的負擔……這就是我的生存方程式！

下雪了。即使將電氣爐（石油暖爐會刺激喉嚨，全家只有我的房間使用電氣爐）調到最熱，即使將雙腿伸入桌爐中，也還是感覺陣陣寒氣襲人。過年期間開始讀住井嵩的《沒有橋的河流》，不知不覺間一口氣看了五本，就連做夢都沉溺其中不能自拔，連平常該做的日常訓練也荒廢了。

氣溫很低，我離開房間來到走廊，凍得直打哆嗦。為了防止感冒而一發不可收拾，我穿上半棉半皮毛的大衣，可是，仍然擔心身體有凍成冰塊的可能。

在這麼冷的情況下，我決定在自己的房間裡吃晚餐。

家人幫我把飯菜拿到房間內，雖然一個人吃飯感覺很寂寞，但弟弟和妹妹經常過來陪我一起吃飯。

只是，我討厭吃飯和睡覺都在同一個地方進行。

車禍

亞湖在騎腳踏車放學的途中，撞上一輛突然緊急煞車的車子，現在被救護車送進了醫院。

結果如何現在還無法得知。應該不會有事吧？……我唯一能做的事只有禱告而已。

媽媽從醫院回來了。她告訴我亞湖的右大腿兩處骨折引起肌肉腫脹，據說要動手術，還告訴我亞湖強忍劇痛哭著對她說：「媽媽，對不起。」

「還好沒傷到頭部，真是上天保佑。」媽媽平心靜氣地說。

不過，或許是我的心理作用，突然感覺媽媽的身影看起來消瘦了許多。

「帶我去醫院。」我央求道。

「等亞湖動完手術露出笑容再去吧，亞也現在去了又會哭，亞湖的傷口也會跟著痛。再等等吧，很快就結束了。」

啊……我真想飛過去對她說：加油呀。

弟弟放學後去醫院探望妹妹了，可是他回來後卻對我隻字不提，莫非亞湖的病情惡化了嗎？

我雖然很想吃甜納豆，但在亞湖康復前還是先忍耐一下吧。亞湖……妳要加油唷。

媽媽不要緊吧？我躺在床上翻來覆去難以成眠。

「我心裡很急又很不安，可是卻什麼也幫不上忙。」我對媽媽說道。

「妳別再跌倒受傷就好，這就是對我最大的幫助了。」

真是典型的消極幫助。我心裡雖然這樣暗想，但聽後我還是用力點了點頭。

「我明白了。只要我能夠不哭，就可以去見亞湖了嗎？我會努力不哭的，到時候一定要帶我去喔。」我懇求媽媽說。

妹妹理加突然說：「我想死。」

光是聽到死這個單字，就足夠讓我變得一本正經起來了。我一面恐嚇她：「很痛唷！」

但她又接著說：「好啊。」

接下來，我又馬上說：「死掉的話，以後就再也不能郊遊了。」

她聽到後趕緊馬上改口說：「不要——那我不要死了。」

從她口中雖然說不出什麼重大意義的話，但我卻不知道為什麼一直很在意她所說的話。

小草因為春風的吹拂開始發芽了。或許是天冷時一直沒有活動的緣故，右腿阿基里斯腱的伸展再度惡化，就連坐下都感覺很困難，這讓我因此罹患WC恐懼症。我的肩膀越來越僵硬，明明很熱卻無法流汗，這讓我的心情每下愈況。

我舌頭的運動狀況開始變得不佳，就連霜淇淋都沒辦法舔。說話變得越來越困難，莫非也跟這個有關嗎？

山口小姐的弟弟買了一輛車，很臨時地邀我一起乘車去兜風。春天的太陽是那麼晴朗，薺菜、蓮花、蒲公英、還有早早盛開的幸運草都是那麼美麗。我好想做一個花環，但想到自己無法獨自開車，又不願依賴男人，只好打消這個念頭。

水溝裡單獨長出一棵紫苜蓿，我擔心它會掉落到水溝裡，所以一直留意觀看。不過沒問題，它有著很大很牢靠的根部。

我不禁感嘆，植物只要有一個支撐點，力量竟然會變得如此強大。

回家途中順道去山口小姐家聽她彈吉他，臨場感超讚！聽說她正在組一個樂團，還需要很多設備，她說：「沒錢萬事不能。」

但我卻認為：「沒有健康，萬事不能。」這件事比賺錢難多了。

媽媽，我不能走路了

嬰兒剛出生八個月就會坐、十個月會站，一歲多一點就會走路了。

曾經會走路的我，現在正按照此種方式練習，但每天卻幾乎處於打坐狀態！很明顯，我一直在退化。

搞不好哪一天，我就會突然癱瘓……

只要忍耐，就真的會有結果嗎？

一年前的我能夠站立、也能說話，還能夠笑出聲。但現在即使咬牙切齒、用力皺眉閉眼，卻已經無法走路了。

媽媽，我已經不能走路了。即使抓住東西，也無法站起來了。

我含著淚寫下這行字，打開房裡的窗戶往外遞了出去。

我不想被媽媽看見自己現在的模樣，也不想看見媽媽的表情，於是趕緊關上窗戶。

我爬著去廁所，那裡距離房間只有三公尺遠。走廊裡寒氣逼人，我的腳掌和手心一樣的柔軟，但手部卻如同膝蓋一樣僵硬。雖然這樣爬真的很難看，但我卻無能為力，因為這是我僅存的移動方式……

我感覺到後面有人，回頭一望，媽媽正站在那裡。

我無話可說……任憑眼淚掉在地板上……壓抑已久的情緒此時全部釋放出來，我用盡全身力氣嚎啕大哭。

媽媽緊緊抱住我，讓我一次好好地哭個夠。

媽媽的膝蓋被我的淚水浸溼了，而媽媽的淚水也溼潤了我的髮際。

「亞也，媽媽知道妳很難過，但還是要加油哦。媽媽會一直陪在妳身邊的。來，別把屁股凍壞了，快回房間去吧。媽媽還有足夠的力氣背妳，即使遇到火災或地震都會第一個去救妳，不要擔心，好好睡覺吧，別想那些多餘的事情囉。」媽媽說完，便抱著我回到自己的房間。

我終於變成一個只會哭哭啼啼的人。

強烈的自卑感在我的腦中茁壯成長。

這就是殘疾給我的禮物吧。

但我還是想繼續活下去。

因為沒辦法自殺，我只能苟延殘喘地繼續活下去，這樣的說法，讓我感覺很恐怖。

我哭到滿臉都是皺紋，看起來不成人形。我面對鏡子修正表情，卻突然莫名其妙地怪笑起來。

活下去

在藍色天空下盡情地呼吸

薄荷糖般的微風，悄悄撫摸我的臉頰

你清澈的雙眸，映出雪白的雲朵
那是一場最美麗的夢境

勇於面向藍天，想像自己凌空飛行
靛藍色的羽衣，將我輕輕包裹
不去思考自己的容貌多麼醜陋，只要堅信天生我材必有用

我該何去何從？
我只能一個人暗自哭泣
無論走到哪裡，筆記本都是我永遠的朋友
雖然不能給予我任何解答，但書寫心情就能讓心情變得愉快起來
我一直在找尋拯救自己的那雙手
但是我找不到，也碰不著
我向黑暗發出怒吼，卻只得到自己的回音
從猩猩進化成人類，需要經過一段很漫長的時光，但想不到退化卻是如此迅速……

白天，不喜歡一個人待在家裡。

我快要無法說話了，只好大聲朗讀繪本做發聲練習，並深呼吸五次、抬頭十次。

妳一個人在家的時候很危險，所以千萬不要輕舉妄動哦！不然看不見妳我會很擔心的。

想起媽媽說的話，我的行動不由自主地變得消極起來。實際上，距離上次跌倒摔腫嘴唇還有折斷門牙，已經是很久很久以前的事了。

純子母女擔心我一個人在家出問題，經常來找我玩；隔壁的阿姨，也時常會過來探望我，只是我的心中仍然感覺空蕩蕩的。

每天沒有目標，過得異常難受。

事情總是在腦子裡一味胡思亂想，卻沒有行動。

這種生活究竟要持續到什麼時候？……

我不想給媽媽添麻煩，可是除了她之外，又有誰能幫我一把呢？……

現在我連單獨洗澡也有危險，所以每當這時候，媽媽和妹妹就會身著短褲進來幫我。

亞湖幫我洗後背和頭髮。因為我的右手已經無法向上抬起，肩關節似乎也變得更僵硬了。

致山本醫生：

醫生曾經對我說過：「與其一味懷念失去的東西，不如好好珍惜僅剩的事物。」

總有一天光明會來臨，綠樹也會萌芽……
所以要懷有希望去開拓未來，站起來，加油，加油呀……
這就是我的加油口號！
「即使再怎麼遺憾也不可能回到從前。比起失去的東西，妳應該更努力去實踐僅剩的東西。」我最信任的醫生這樣告訴我。
加油，我一定要努力。
我發誓，我絕不半途而廢……
外面下起雨了。
當天氣真好啊，可以隨意這樣反覆無常……
生命不也是這樣反覆無常嗎？不努力活下去可不行啊……

內容亂七八糟，
腦子裡面亂哄哄，
字寫得龍飛鳳舞，
亂糟糟的一無是處，
我到底留下了什麼？

我夢見全家人一起出外旅行，但我卻因為坐輪椅而不能去。

「你們去就好了，我留下來看家。」我微笑著說道。

從今往後，特別是這種事還會不斷增加，現實就是如此，再難過也無濟於事。

界限

人們經常說梅雨對病人而言不是什麼好季節，這句話的確屬實。我從臺階上跌落下來，身體狀況越來越惡劣。

我開始拉肚子、體力衰弱，是脫水了嗎？

現在腰部軟弱無力，飲食變得困難。跌倒讓我的嘴唇摔出血來。看文字和東西也隨之模糊，對不準焦點。

岡養邀我去參加「宿舍節」的派對，然而我根本沒有去的力氣，想不到病情發展竟然如此迅速。

一連幾天，我嚇到連字都寫不出來了。

或許，我已回天乏術了。現在也已經無法靈活使用原子筆了，希望這可以作為我寫不出字的理由。

20歲——
不願輸給病魔

在廁所裡跌倒

媽媽幫我買了蛋糕，可是我沒有吃的心情，整天下來幾乎都在睡覺。我想想長久下來可不行，為了趕緊改正便開始在床上做仰臥起坐，可是才做了一下就無法繼續下去。

明天開始就是暑假了。媽媽告誡弟弟和妹妹不可以一起外出。這樣雖然放心多了，但是給大家添麻煩真的很抱歉。

我會努力加油早日康復，你們要原諒我哦。

去廁所的時候，由媽媽或妹妹幫我脫下褲子，再幫我坐到馬桶上，然後出去外面等待。那天上完廁所後，我歪歪扭扭地想要起身，一沒站直就「撲通」摔倒了。我不知道被什麼東西割傷，手指一直在出血，看著看著，我就這樣昏迷過去。

不知過了多久才醒來，發現自己躺在床上，模模糊糊看見媽媽、弟弟和妹妹們都在旁邊，隨即又昏睡了過去。

媽媽的聲音感覺好像是從很遙遠的地方傳了過來：「妳只是血壓太低所以沒辦法站穩，別再擔心了，好好睡一覺吧。」

廁所裡裝了足足有七公斤重的馬桶。據說，那是名古屋殘障用品專賣店所挑選出最安定的東西。

為了預防褥瘡（長期臥床引起的皮膚病）而鋪上壓力平衡墊；為保持床鋪的整潔，就連尿布也用上了。

小課桌旁放置筆記用具、筆記本和便條紙等物品，所有的東西都擺放得伸手可觸，而桌子上放著一個搖晃就能發出極大聲響的大鈴鐺。

近來大部分的時間都是躺在床上昏睡度過的，就連一日三餐也因為吞嚥能力越來越差，為防止食道堵塞只能以最少量攝取。

早飯剛吃完不到一小時，就又要吃午飯了，因為我只能慢慢地進食。每天吃飯、睡覺、排泄，然後一天就此結束，而且這其中都要麻煩家人幫忙……

距離無法在家生活的日子只有一步之遙。

而我……已經放棄康復這種異想天開的想法了。

尋找醫院

我和媽媽一起去名古屋保健衛生大學附屬醫院。

坐在副駕駛座上的我一路保持昏睡狀態，直至抵達醫院還是迷迷糊糊的。

媽媽說：「只要醫院肯讓妳住院，就不會有大問題了。放心，妳只是因為中暑罷了，只要耐心等到體溫降下來就好。亞也是出名的『努力專家』，事情一定會有轉機的唷。」

話雖這麼說，但我感覺這次或許已回天乏術。因為我的體力、氣力全無，而且連思考的能力都沒有，要再說什麼奮鬥就有點自不量力了。我雖然不想輸給病魔，但是病魔實在太過強大了……

「這次不能像平常一樣在大廳等待一段時間了。因為她衰弱得很厲害，希望妳們能把她當作急診病患盡快採取急救措施。如果其他患者有意見，麻煩妳們幫忙說明一下這個孩子的狀況，請他們能諒解……」

為了不讓躺在擔架上的我聽見談話內容，媽媽攔住匆匆趕來的護士小聲地跟她商量。

「請稍等，我去問一下山本醫生。」護士說完便進了診療室，緊接著，山本醫生就出現在我面前。

「亞也，好久不見了。等很久了吧？」山本醫生說完，便和我握了握手。

「啊……我總算得救了。我如果真的就這樣死掉實在太不甘心了，至少再讓我寫一篇文章，我才能死而無憾……」

關鍵時刻，又是山本醫生及時出手救了我。

一想到這裡，我的眼淚不禁浮上眼眶，媽媽也哭了出來。

因為山本醫生每個月要去知立市的秋田醫院看診兩次，商量的結果，最後決定讓我們轉院過去。

「病床申請手續辦好後就趕緊住院吧，越快越好，在這之前稍微忍耐一下唷，之後亞也就可以在我目光所及的地方好好養病了。」醫生的話讓我著實鬆了口氣。

我的上嘴唇因為頻繁跌倒已經嚴重變形，無法和下唇吻合。

飲食越來越困難，請給我舒緩喉嚨緊張的藥物。

我把在家就寫好的紙條遞給醫生。

診察結束後，我又在車上渡過兩個小時才回到家。

「想吃什麼、能吃什麼，不管是什麼妳可以儘管要求，因為妳一定要好好保存體力。說吧，想吃點什麼？」媽媽問我道。

「想吃烤蛋糕。」

聽我這麼一說，媽媽喜上眉梢：「哈哈，這可是亞湖的拿手點心哦。亞湖，妳姊姊說她想吃烤蛋糕耶！」

亞湖聽後笑道：「明天我做做最好的給妳吃，要好好享受喔！」

話剛說完，早已疲累不堪的我又立刻昏睡過去。

媽媽一個人去了秋田醫院。她想親自去看看那是一家什麼樣的醫院，然後和醫生好好談談，再回來和躺在床上的我說明情況。

妹妹由於聽媽媽說起我又要住院，早已將行李打包完畢了。

住院，聘請看護

我們決定住進秋田醫院。因為是不甚熟悉的醫院，所以我有點緊張。

媽媽請了一位小個子的看護阿姨來照顧我的醫院生活。

「我是亞也，請多關照。」我小聲地說道。

媽媽仔細將我的病情及無法身體力行的事說明給她聽，但要短時間內全部明白，似乎還有點難度。

語言障礙的進展越來越迅速，為了讓我將說不清楚的話充分表達出來，媽媽特地買了塊塑膠小黑板。

我的舌頭活動也變得相當困難，食物只能舔著吃，進食的方式看起來好骯髒，連我自己都覺得很難為情。

不能清楚表達自己的想法，好難受。

最該振作起來的應該是我自己，但我卻是那樣懦弱……

媽媽，我到底是為何而生存呢？

我覺得頭昏眼花。雖然哭喪著臉卻只能瞪大眼睛，只能凝視前方。

窗外的樹枝上有鴿子的小窩。小鴿子長大了，好開心呀。

看護阿姨讓我坐在輪椅上，推著我去第一病房大樓。

怎麼……竟然又得在馬桶上方便呢。

復健治療的時候，我握著桿子練習站立，但眼睛卻自己閉了起來。關鍵時刻雖然不應該臨陣脫逃，但只要一想到可能會跌倒，我的身體就不自覺變得僵硬起來。

我正不停積極尋找自己還能夠做的事，並且徹底實行。這樣的話，晚上就不只是一味昏睡了……

無法及時傳達下意識的動作，排尿總是比想法快了一步。在晚上使用尿袋好嗎？媽媽建議道。媽媽會這樣說，聽說是因為看護阿姨會因為睡眠不足而過度疲憊。

「不要，我知道自己什麼時候要去廁所啦。我會提前通知的，我不要用尿袋！」我說完哭了起來。

「好了好了，那我們不用尿袋了，別哭，別哭。」看護阿姨溫柔地安慰我別哭。

早上在走廊遇見院長先生：「早安，小朋友，身體感覺如何了？」他對我這樣說道。等我笑著努力張圓雙唇，說出「早……安……唷……」之後，院長早已不知去向，真是大忙人呀。

我現在只擺得出哭喪臉的表情了，絕對不行！

手腳在半夜會因為緊張而變得僵硬。每當這個時候，看護阿姨就急忙起來幫我按摩。

大家越來越難以聽懂從我嘴裡說出來的話了。這總會讓我大動肝火後便開始哭鬧。

可是大家聽不懂還不是因為自己說不清楚，都是自己不好，我憑什麼發火呢？看護阿姨，對不起。

好天氣，想站起來，想說話。

寫的字變漂亮了。吃飯速度有所進步，而且也不會撒出來了。這些都歸功看護阿姨不停鼓勵我的關係。

如果再多注意調養，或許有可能恢復到接近以往正常生活的情況。在我活下去的同時，一定要為他人著想。

我和看護阿姨約定：下次見到山本醫生前，我要自己坐輪椅。

望著藍色的天空，快看，大烏龜。天空的透明讓我感覺自己彷彿深陷其中。

ナ[13]行、グ[14]行的音也發不出來了。

13 羅馬拼音na。
14 羅馬拼音gu。

カ[15]、サ[16]、タ[17]、ハ[18]四行的發音也越顯困難。
能說的話還剩下多少呢？
我無論如何也要設法克服。再接再厲！絕不輸給病魔！

午飯吃的是看護阿姨買給我的煎餅燒。我們一人吃了一半，還有好吃的米粉。

今天發燒。沒有力氣說話。身體也很虛弱。
我睡了整整一天，看護阿姨憂心的表情映在我眼裡。
看護阿姨小霞帶我去設在醫院裡的咖啡店，用湯匙舀檸檬汽水給我喝。
本以為這輩子再也去不了這種地方了，我很開心。

看護阿姨的手上出現了裂紋。看起來好像很痛的樣子。
對不起，都是我晚上自己無法掌握好上廁所的時間，害看護阿姨得幫我洗尿布……

15 羅馬拼音 ka。
16 羅馬拼音 sa。
17 羅馬拼音 ta。
18 羅馬拼音 ha。

中日龍隊贏了！為什麼有慶祝的紅飯和茶碗蒸呢？難道院長先生跟廚師是他們的球迷嗎？

我想試著憑自己的力量站起來。剛要起身就感覺搖晃得很厲害，似乎隨時都有可能跌倒，好害怕喔。

還好有看護阿姨過來幫我。

早上不小心誤飲不能喝的東西。好可怕，氣味那麼刺鼻的東西都聞不出來，真的嚥下去搞不好會沒命。

看護阿姨推我去上廁所的時候，發現花瓶裡的大波斯菊盛開得好漂亮。我們二個人短暫停留在那裡看了一會兒，不好意思唷，拿一朵插在自己房間的花瓶吧。

山本醫生訓戒我：「妳都給看護阿姨慣壞了，要趕快找一些力所能及的事情做。」

看來以後再也不能因為起床時間越來越晚而暗自欣喜了。

今天開始練習按電鈕吧。

可以走路了！我苦苦哀求看護阿姨帶我去公園。我想玩「堆土遊戲」。我試著將腳插進土裡，然後從輪椅的腳架上迅速起身站到地面，這種涼涼的感覺真好！

我拚命練習按電鈕。也拚命練習翻身及靠膝蓋站立，作為自己的復健治療。

看護阿姨被我的努力感動並為我加油，還幫我買了運動褲和上衣。我要……更加努力加油……

過年時很想回家，但透過語言能表達清楚嗎？如果說不清楚的話，又該如何表達才好呢？雖然心裡考慮很多，但還是想要回家。

大波斯菊又開花了。

看護阿姨去過我的復健室後，哭著對我說：「妳好努力哦。」

於是某天看護阿姨告訴媽媽：「去看一下亞也吧，她在拚命練習呢。」但是媽媽卻說：「就是因為她太辛苦，所以我才不忍心去看……」

然後媽媽告訴我：「亞也真的很堅強喔，回家一起過年吧。」

我在不知不覺中排出了大便。

「看護阿姨，對不起。」

「沒辦法囉，誰叫這是我的工作呢。」

忍耐真的是件很辛苦的事情吧？

今天早餐吃的是火腿。好久沒吃火腿，感覺味道比過去更加可口了。

我想要對看護阿姨表達感謝的心情，但是我該如何做才好呢？

我沒有錢，買不了東西，唯一可做的大概只有早日康復，報答看護阿姨對我無微不至的照顧。一定要等等我哦。

拚命活過現在

再過十年之後……光是想就感覺很恐怖。

所以我只能拚命活過當下。

只是為了活下去，我就用盡了全力。

年紀輕輕卻無法動彈，陷入困境讓我好焦急……
但是身為患者，還是要記得養生第一。

我的所思所想所寫所作，只為你一個人
緊握兩隻手，感謝之情難以言喻
回憶，病床……[19]

身體越來越虛弱的同時，身為女性的生理功能也逐漸喪失。
月經六個月才來一次，如此看來，身體康復更遙遙無期了吧。

從病房抬頭仰望藍色的天空　努力祈禱　請賜予我希望

謝、謝……

19註：下文因字跡凌亂而無法辨認。

如果沒有看護阿姨……不行，我不能老依賴別人的幫助生活下去。翻身、清潔下半身、穿衣服、脫衣服、吃飯、坐、立，全部都是。媽媽不是我一個人的媽媽，還必須照顧弟弟妹妹，也必須工作。但看護阿姨卻為了我一個人和我一起生活。

她做我最喜歡吃的烏龍麵和甜餅，為了使我可以早日康復回家而無微不至地照顧我。當看護阿姨的兒子結婚時，她還拿新娘親手做的料理給我吃，也拿孫子的照片給我看，這樣說來，我得到的應該是看護阿姨一家人無微不至的照顧才對。

無法說話的我只能說一句短短的「謝——謝——你——們」，表達我發自內心的感激。然而，其實我內心還有許許多多的話想說，想傳達出我喜悅的心情。

人們都有各自不同的煩惱
一味回憶過去流下眼淚可不好
現實太過殘酷太過嚴峻
連夢想都不願給我
一想到未來，我忍不住流下別離的眼淚

21歲——生命的極限

（母親・木藤潮香）

「亞也的媽媽，請趕快到醫院來！」

在公司接到從醫院打來的電話，我甚至已經不記得我是從哪裡來、怎麼去，只是急忙慌慌張張地趕到醫院。

醫生坐在床沿，一大群護士將亞也圍在中間。

「怎麼了？」

咻——咻——，她的呼吸聽起來很微弱，但是看到我過來，亞也的臉上露出了微笑。

「啊……還好妳還活著……」我不由自主地抱住她。

據醫生說，同房的患者發覺亞也喉嚨中有痰咳不出來，感覺好像很痛苦，於是急忙通知護士，採取急救措施挽回她一命。

發燒、誤飲，即使是常人眼中多麼微不足道的小事，隨著病情的不斷惡化，這些都足以使亞也致命。近來亞也的文字寫得異常凌亂，也已經幾乎無法辨認。

但是，她為了生存而寫作的氣魄絲毫沒有衰弱。她用盡力氣以無法隨心所欲的手握住簽字筆，繼續在塑膠小黑板上寫起字來。

現在，雖然連寫字都做不到了，但亞也仍然拚命和病魔周旋。時至今日，她也一定在心中繼續寫作吧……

致持續與病魔抗爭的亞也

關於亞也

藤田保健衛生大學
神經內科副教授
山本纊子
（現任同大學教授）

前言

九月下旬的某個星期三下午，正當外診病人絡繹不絕，無論是患者或醫生都感到疲憊不堪的時候，我突然接到亞也媽媽打來的電話。據說亞也長年以來寫下的日記現在正準備出版，想拜託身為主治醫師的我，針對病情及與亞也之間的交流寫篇文章。

對我而言，無論是鼓勵亞也堅持寫日記或是建議編輯成書，我總是苦惱幫不上任何的忙，如今聽說日記即將集結出版，我的心中欣喜若狂。此時此刻，為了已經無法自己起床，只能安靜躺在床上依靠他人吃飯、穿衣的愛女，亞也的媽媽當然希望新書的出版能夠越快越好，從下午的談話中，我已經充分感受到這種心情。但我還想說，和亞也的相遇，對於身為醫生的我，成長亦是關係重大。如今回首往事，種種過往再次浮上心頭，這是讓我總結心底思緒的大好機會。

對於普通讀者而言，想要徹底瞭解亞也這種「命中注定」的疾病——「脊髓小腦萎縮症」的全部，難度甚大。然而這種病，卻是攸關讀者瞭解亞也生存方式的重要關鍵。

關於亞也所患的「脊髓小腦萎縮症」

人的腦內有約一百四十億個神經細胞，支援神經細胞的細胞數量則為其十倍，各個細胞分別屬於不同的組織：有的負責運動和活動，有的負責聽和說。換句話說，人的生命完全憑藉各個組織的神經細胞來維持活動。

所謂脊髓小腦萎縮症，指的是這些組織裡的神經細胞反射性進入體內，形成障礙，使負責掌管速度及平衡運動的小腦、腦幹和脊髓等神經細胞產生變化，最終完全消失。細胞為何會突然消失？迄今原因不明。根據全國性的統計，日本約有一千多名患者罹患此病，但實際患者數量據說是這個數字的二到三倍。

發病過程

病狀最初，多數患者會感覺自己的身體有點搖晃。「大概是太累了」、「難道是貧血？」伴隨著人們的自行推測，身體則會逐漸變得無法直行走路，常被人說成是：「喝醉了嗎？」。隨後陸續發生頭暈、目眩、看物體時有疊影、舌頭動作不靈活、說話困難、沒來得及去廁所前即已排尿，或剛排尿完畢又感覺尿意未盡……等症狀。更有甚者，站立過急，竟然導致血壓劇烈下降以致昏厥——這些都可視為病症的開始。

搖晃的感覺越來越嚴重，走路無法支撐身體，更進一步惡化的話，甚至無法憑藉自己的力量站立。說話時發音會越來越含糊，音韻變調，讓他人不知所言為何；手指無法隨心所欲地活動，寫字將會變得越加困難，即便寫出來，他人也無法辨認；吃飯時無法使用筷子，即使改用湯匙，也無法將食物準確放入口中。即使讓他人餵食，吞嚥過程也需要耗費很長一段時間；遇到病情突然惡化時，就連幾粒米飯都有可能堵塞喉嚨。

雖說病情進展速度因人而異，但絕對會更加惡化卻是不爭的事實。最後只能陷入每天躺在床上昏睡度過的狀態。因為褥瘡化膿、吞飲方法不當而堵塞氣管、異物通過氣管進入體內引發肺炎、排尿不淨而使膀胱內堆積細菌引發膀胱炎、腎炎等症狀，五到十年內死亡的患者數不勝數。

沒有治療方法嗎？

由於病因不明，治療方法目前還處於摸索的階段。雖然現在已經開發出暫時抑止病情惡化，或者使惡化速度稍微減緩的藥物；但這些藥物只在服用初期略具效果，長期服用則療效甚微。

伴隨近年來遺傳基因學的發展，若病情起源自遺傳基因，一旦發覺使病情惡化的異常基因染色體，就可以使用健康的遺傳基因，置換引發病狀的遺傳基因，這個理想的實現，只是時間問題而已。但操作遺傳基因所引發的醫學倫理爭議尚屬白熱化階段，在這段期間的議論只會使患者與家屬等相關當事者更加悲痛。

因此，指導患者堅持不懈地運動訓練，努力不使體內筋肉萎縮，盡力所能及做好自己周邊及分內的工作，是目前看來唯一且最具效果的治療方法。

如何將病情告知患者

對相關專業醫生而言，針對這種病狀做出診斷並非難事。然而，他們所煩惱的是如何向患者及其家屬解釋該病狀。

明知病情正在逐漸惡化，目前暫無治癒方法；然而為使患者鼓起勇氣，嘴上卻仍要幫他們打氣：「放心吧，一定能治好。」按理說，醫生應該告知患者家屬一定程度的真實情況，但也有些醫生，卻不告知患者家屬無法治癒、病情正在惡化等事實。更有甚者，有些醫生在束手無策之餘，竟然直截了當地告知患者及其家屬：此為迄今尚無治療方法的絕症。

我則是對患者說明：「這種病狀治癒很難，而且還有逐漸惡化的可能性，現在醫學界正在嘗試開發各種可能具有效果的藥物。」然後再更進一步詳細說明：「可以根據患者現狀，去推斷距離無法走路大概還有多少年；如果只能坐著活動手腳，應該如何訓練，堅持到何時為止……」

如此說明之下，患者及其家屬雖然一時之間打擊太大而無法接受，但不久後即可改正心態、轉變情緒，構思嶄新的生活；在不放棄正常社會生活的前提下，積極配合治療。然而，聽完我的說明，為求比「能治好」更令人放心的診斷，四處找尋完善醫院而再也不登門的患者也大有人在。我雖然曾因為不能將自己的真實想法清楚告知患者而甚覺遺憾，不過轉念一想，或許這就是所謂的「話不投機半句多」吧。

走筆至此，我想來到我這裡的患者及家屬們，思維方式想必都和身為主治醫生的我一樣吧。小木藤亞也（如此稱呼已經成年的女孩，給人感覺的確很怪異，但在我眼中，她永遠是小亞也）和她的媽媽，正是此類患者和家屬中的一員。

遇見亞也

的留美研究生涯結束後，歸國不久的我隨即進入名古屋大學第一內科所屬的第四內科研究室，從事脊髓小腦萎縮症的全國統計和分析，以及正職教授診斷患者時，在一旁整理病歷之類的工作。

某天，一個留著短髮的中學女孩由媽媽帶來診察室。

最近小兒科增加了不少診斷神經性疾病的醫生；所以，小孩子來神經內科看病顯得非常稀奇。而特地選擇星期一前來內科接受診察，可見女孩的媽媽對於教授身為「厚生省特定疾患．脊髓小腦萎縮症　調查研究班」班長的底細打聽得一清二楚。事後才得知，潮香女士當時正在豐橋市立衛生所從事公衛護士的專門工作。

坐在診察室陽光中央的椅子上，病歷上寫著：木藤亞也、十四歲。

小圓臉，大眼睛，是她給我的第一印象，她是個聰明的孩子。教授和媽媽交談時，她在一旁觀察著四周，不停轉動的眼睛顯示她內心的焦躁和不安，而初次診斷結果為：脊髓小腦萎縮症。

教授向女孩的媽媽說明了病因，隨後為了更準確分析病情，便指示女孩去作腦內

CT、重心運動檢查和眼球運動檢查。初步決定，往後需要每個月到醫院接受一次上述全專案的檢查，以便觀察病情的發展經過。

當時的我，為幾乎被不安擊潰，卻又保持頑強、樂觀人生態度的亞也母女深深折服，她們給我的感覺相當親切。不久，我被分配至別的診察室，開始獨自接待外診病患。由此自此失去旁聽亞也病情發展的機會，但因為她們都是在每週的同一天來醫院，所以我們經常在走廊上相遇。

亞也的媽媽對女兒病情的發展過程瞭若指掌，她說明以前的搖晃現在是否有所改善、最近跌倒過多少次、筆記本上的字跡有點凌亂……等現象，無不觀察得相當仔細認真，巨細靡遺。談話時的重點，也一直圍繞在亞也的成績如何優秀、學習態度又是如何認真，所以家人希望她考上公立明星高中等話題。

還有一次，亞也的媽媽高興地對我說：「我女兒通過英語三級的檢定考試了。」我高興得將亞也攬在懷裡，對同事說：「英語三級的檢定考試可是很難的哦。」心中自豪感之強烈，就好像亞也是自己的女兒一樣。

正當鶴舞公園的櫻花含苞欲放，粉紅色的花瓣星星點點開始綻放之時，亞也站在我的診察室窗邊，無比興奮地對我說：「醫生，我考上理想的高中了。」

「恭喜妳，還要繼續加油哦。」我的祝賀話語剛一出口，她緊接著又請求說：「我想知道在高中畢業之前，我的病情究竟會惡化到什麼程度。」從那時起，我就將這句話作為原動力，促使自己全心全意投入相關藥品的開發與研究之中。

亞也考上的高中，是愛知縣豐橋市內的明星高中。幸福活潑的高中生活開始了，然而沒過多久，亞也的身體就因為無法保持平衡，而不能和其他同學一起搭乘早上人滿為患的公車。身為公衛護士而工作忙得不可開交的媽媽，只能開車送她去上學。但走路去學校的路途中，因為跌倒造成膝蓋擦傷，額頭碰破等情況也接連不斷地發生，因此成為醫院外科的常客。說起女兒的學習成績也在逐漸下降，亞也媽媽的臉上烏雲密布，但隨即一掃陰霾，笑著解釋說：「沒辦法，誰叫考試的時候速度跟不上，時間到了就必須交卷，這是無可奈何的事。」

實際上，據說亞也因為無法充分做筆記，也跟不上移動教室的速度而總是遲到，這些問題在高中裡早已引起很大的反彈。但又據說看到亞也手持教科書拚命走路的樣子，同學們即使覺得麻煩和不快，也都急忙過去幫忙拿書或者攙扶她。除了感謝之外，亞也由於自己身體的不便帶給同學麻煩，她的心情是多麼不甘心和無奈呀。但亞也總是面帶微笑，一對大大的眼睛在逐漸消瘦的臉孔上閃閃發亮。

暑假期間，亞也則因為要嘗試新藥物的療效而住院了。

亞也住院

亞也住進名古屋大學附屬醫院四Ａ棟病房以來，在護士之間非常有人氣。雖然已經是高中生的她卻總是童言無忌，坦白告訴大家，希望人守候她直到病情康復為止。她還自己制定手足運動等計劃書並積極實施。總之，可愛得不得了。

雖然新藥多少有些效果，卻還達不到改善日常生活不便的程度。護士們異口同聲對我說：「醫生，看在亞也那麼拚命的分上，無論如何也要治好她的病。」人的鞭策反而使我相當傷腦筋。

當時，全日本聽說教授盛名而趕來治療脊髓小腦萎縮症的患者絡繹不絕。集中住院的結果，使得病房一時間人滿為患。比亞也小一歲的U是個看起來很有精神的男孩，但這只能算是例外——患者中還有坐輪椅去廁所以及每天只能躺在床上無法動彈的癱瘓兒。觀察力敏銳的亞也總是能說出重症患者的姓名，然後詢問我：「將來，我也會變成那個樣子嗎？」

看著正在為將來構思各種夢想的亞也，我想起她每次複診時一邊望著我一邊說話的天真表情，我想直截了當地說明病情的時刻到了。於是我回答說：「雖然那還是很遙遠的事情，但遲早有一天，妳也會變成那樣。」

然後，我針對病情的發展過程和她進行了詳細解說：為何搖晃的感覺越來越強烈，以致現在連走路都感覺困難；為何無法清楚發音、大聲說話，害別人不能充分理解；接下來，還會連寫字都感覺困難，至於從事簡單的手工藝，更是難上加難。

此後數日間，亞也看起來總是精神不振的樣子。但沒過多久，她就主動來詢問我：「醫生，我什麼時候才能走路呢？」「醫生，我覺得我可以做這樣的工作耶！」她的態度相對從前反而更是積極。雖然我對此不敢妄發一言，但我認為：積極提問正是良好開始的最佳表現。

事實上，此後我們兩人結成強大的精神聯盟，無論是深奧的病理學相關知識，還是殘酷至極的病情發展，我都會毫無隱瞞地告知她，以便為將來提前準備，早做打算。這次住院雖然未能使病情有絲毫起色，但我堅信，亞也出院時已獲得未來與病魔長期抗爭的重要武器——信念。

轉學去養護學校

也開始在學校裡擔心的事越來越多了。為避免給同學添加更多麻煩，她最後做出決定——轉學去養護學校。亞也的媽媽事後對我說，現在轉學似乎為時過早，因為移動教室的時候，大家會主動幫助亞也上下樓梯，嘴上還說：「又不是什麼大不了的事情，幫妳是應該的。」亞也的媽媽說到此，表情有點後悔。

聽說全班同學對亞也如此關懷，我的心情豁然開朗，遂建議潮香女士再去和學校商量看看，並強調：「如果學校老師對亞也的病情有任何問題，我隨時都可以前去仔細說明。」但她堅持自己去就可以了。就這樣，亞也的媽媽從繁忙工作中擠出空閒時間，數次前往學校商談；但是再三懇求的結果，最終結果還是得轉學去養護學校。

雖然養護學校內有可以坐輪椅自由出入的特殊教室和走廊，也有一整套用於復健治療的完善設備，無論治病還是學習，都可稱得上設施齊全；但亞也的媽媽一直想借助同學的幫助，使愛女無論如何也要在普通高中畢業，她為此真的是用盡全部的心力，對她來說，轉學仍然是一個不小的打擊。聽她用傷感的語氣對我說：「新學期開始就要轉學去養護學校了。」這時我感覺胸口似乎被什麼東西堵塞住了。或許站在學校的角度看來，對於亞也這種「問題學生」，讓她去養護學校這種專門為有殘疾的孩子所設置的學校，或許是最佳選擇也說不定吧。

但是，亞也待在普通高中也只不過是給正常學生稍微添了點麻煩，不是嗎？同班同學面對身體不方便的朋友，心中也會自然而然產生出手相助的情緒，除此之外，還能透過亞也的例子，領悟更多關於人生的認真態度，不是嗎？總之，我是這麼認為的。

藉由此事，我對毫不關心病情發展，一味只知道搬弄教條、按規則辦事的教育者多少感到有些失望。現在有很多因為受欺負而退學的學生，但至少在亞也就讀的高中內，我從她的同學身上看不出一絲一毫黑暗的事蹟。直到很久以後，亞也再次住院時，她還嬉皮笑臉地哀求我：「要讓我外出哦，因為我要和高中時代的朋友辦一場小聚會。」

在保健衛生大學醫院的住院生活

昭和五十五年（西元一九八六年）四月，我在名古屋大學的博士論文終於通過，隨即前往位於愛知縣豐明市的名古屋保健衛生大學醫院（現藤田保健衛生大學醫院）擔任醫生。亞也必須借助電動輪椅才能行動，前往醫院也必須靠自家車搬卸輪椅，豐明相對於名古屋來說距離自家更近，有鑑於此，亞也決定和我一起轉院，來到保健衛生大學醫院。

那時的她，表情比現在要柔和許多，說話也非常清楚，雖然走路搖搖晃晃的，但乍看之下和普通人並無太大差別……想不到才過了五年，她現在就已經坐上輪椅，而且即使想說話也無法立即說出口，只能輕輕地邊點頭邊小聲發音；對於初次接觸亞也的人來說，這種語言如同「天文」一樣難懂……

養護學校的課程結束後，正當大家都在積極找工作和升學的同時，而亞也卻只能待在家裡吃飯、睡覺、做自己能力所及的分內事，借以打發百般無聊的每一天。即使抓住東西訓練走路也經常跌倒，因此，潮香女士擔憂家裡愛女的程度不曾或減，總是害怕她出事。事實也的確如此——每次來複診時，亞也的臉上和身上都有因為跌倒而產生的傷痕，因此引發內出血的次數相對也多了許多。

亞也第二次住院主要以復健和嘗試新藥為目的，她的病房位於第二內科大樓的八樓。入住內科大樓八樓的病人主要都是脊髓小腦萎縮症的患者，裡面有七、八名是我的專屬患者，其他還有心臟病、白血病等患者。護士多為年輕女孩，比亞也更年輕的也大有人在。由於我已經習慣稱呼她為「小亞也」，然而比她小的護士也稱呼她「小亞也」就顯得很奇怪了。不過換個角度來思考，這也是亞也受到大家喜愛的證據之一。

無論洗臉、上廁所或是吃完飯後清潔餐桌，亞也總是自己操作輪椅笨拙地四處活動，復健治療也從不缺席，平常在病房裡就坐在輪椅或床上讀書，據護士長說，亞也最近很熱衷於同病房病患所教的手工藝或折紙，她用無法隨心所欲的手努力學習的模樣，讓人看了都心疼。據說最受感動的，大概就屬那些同病房內上了年紀的患者們吧。

某些老年患者因為突然腦出血而導致癱瘓，或是突發性腦神經病變引發半身不遂。他們的手腳無法隨心所欲地活動，在沮喪之餘經常不去做復健治療，放棄運動的意欲，甚至喪失生命欲望。但是看到和孫女一樣年紀的亞也認真努力的樣子，他們都重新改變了訓練態度，開始認真在床上練習手腳活動及關節伸曲。

家人和護士對此都甚感欣慰。而另一件身為主治醫師的我所始料不及的事是：每次複診時，他們都會用含糊不清的口吻和我訴說復健治療的最新效果，以及他們為將來的人生所作下的各種目標。我清楚地感覺到：那正是亞也坐在輪椅上拚命按電鈕的樣子，引發他們身為人的求生本能。

「醫生，我……可以結婚嗎？」

身為大學醫院的醫生，我的任務不光只是為患者診療；還要從事醫學研究，並且肩負教導醫學院學生成為優秀醫生的使命。為使學生便於全方位瞭解病情，我讓他們六、七人組成一個小組，每隔一到二週去全醫院各科室巡迴觀察。通過對各科室患者的診察，以及閱讀相關病理學著作，最後將綜合得出的結論報告指導教授。這也是後來在全校內推廣的「全方位式教導法」。

外科的學生則要求從旁觀察，比如手術時在一旁觀摩，甚至產科接生時也要求在旁觀摩。學習認真的他們甚至在每晚深夜還出入病房，有時為了不耽誤明天一早的課程，只能在病房內搭床將就睡一覺。

對於為此提供積極配合的患者們，我心下甚表謝意，希望你們能從培養優秀醫生、造福更多患者的角度思考體諒我，謝謝你們。患者中大多數都是思維敏捷的人，尤其是重病患者。長年住院的經驗使他們對於醫生的相關知識瞭若指掌。更有甚者，有的患者僅透過翻閱學生的教科書，以及主治醫生對學生說明病情「偷聽」來的知識，就足以堪稱博學；輪到下一組學生前來觀察時，他們甚至可以替代教授解說病狀，由此傳為笑談。

亞也和學生們的年齡相當，心靈更容易溝通。每當學生們前來觀察時，為了使他們充分理解病情的發展過程，她總是提前向我申請，要求屆時允許她在旁全力以赴地加以說明和補充，說完還不忘伸出舌頭扮個鬼臉。

我所負責指導的是包括一名女生在內的三人小組，他們總是來到亞也的病房仔細診察，認真學習。規定的一週觀察期結束後，其中一名男生隨即又跑去別的科室繼續學習。傍晚的時候，也經常特地前來這邊探望亞也。

我想，那位男生因為擁有健康身體和完好家庭，因此把考入醫學院當作理所當然的事情。在碰到曾經以大學為目標而升上高中，中途卻因病不得不轉學去養護學校的亞也，他一定從中感受到巨大的震撼。除此之外，當他得知此病情還在「持續緩緩發展」後，他不僅是對病情本身感到興趣，更好奇的是為什麼亞也身患頑症，卻還能每天面帶微笑。每當看到他為了滿足好奇心而前來探望亞也的時候，我心裡甚感欣慰，相信他將來一定能成為一名出色的醫生。

某天我結束例行的巡迴診察，通過走廊正在走回診療室的途中，亞也看見我，急忙操作輪椅快速過來，彷彿等待多時一樣。那堵牆壁因為有消防栓而略顯陰暗，亞也這時突然發問：「醫生……我可以結婚嗎？」

「不能。」我不假思索地反射回答道。隨即心下暗想：她為何突然問起這個呢？一定是有暗戀的對象吧……莫非是那個男生？

我接著看了看坐輪椅趕來，本想和我好好交流的亞也一眼，她或許是被我剛才那句冰冷、生硬的「不能」嚇到了，大大的眼睛裡流露出惶恐的神色，令我甚感不安。

亞也目前就連做好分內事都困難重重，加上就連她自己都能察覺到病情正在不斷惡化；這種情形之下，完全沒有必要為能否結婚而感到煩惱。換句話說，亞也根本沒有考慮結婚這件事的必要。

然而，現實畢竟和想像存在一定差距。這段期間亞也不但長高、胸脹，而走路搖晃也使得來訪的生理期因此變成件麻煩事。亞也察覺到自己正在由少女成長為女人，難道不應該考慮結婚、成家、生子等身為女人最基本的個人問題嗎？因此，我為自己獨斷做出的貿然結論感到羞愧，更因此反省：認識這麼長一段時間，我竟然還是不能充分理解亞也的心情。

這件事給我的衝擊力之大，是我自開始看診以來前所未有的事。直到今天，亞也受到巨大刺激後惶恐萬分的眼神，依然深深刻印在我的腦海之中。

正當心有餘悸之時，我又聽到亞也問：「為什麼不能？是因為會把病傳染給寶寶嗎？」於是我急忙改變為比較容易接受的說法：「結婚一定要有對象是吧？那也要對方知道亞也所患的病，並且還同意結婚……只是，這樣的結婚對象要去哪裡才能找到呢？有這樣的人存在嗎？」說法雖然還是有些殘酷，但我自認這比模稜兩可的含糊回答，更能達到消滅幻想的作用，且立竿見影、效果顯著。

「嗯——」看著搖頭晃腦的亞也，我感覺頭腦發熱胸口顫抖，我甚至不記得：隨後她究竟是臉先染上紅暈還是熱淚先盈眶？只記得很長一段時間內，兩人都待在原地一言不發，一動也不動。

「醫生，我……可以結婚嗎？」其後數日，亞也的問題一直縈繞在我耳邊久久未能消散。此外，那個經常來探望亞也的男生，大概也因為學業繁忙抑或其他原因而逐漸消失無蹤。但亞也就像什麼都沒有發生過一樣，每天堅持去做復健治療，在病房內也是談笑風生，一如往昔。

這次住院將近結束時，亞也一直因為站立時引發頭痛、噁心等低血壓症狀而倍感煩惱。加上偶爾遭遇同病房患者猝死的突發事件，她表現出內心對於死亡的強烈不安，臉上總是一副黯然失色的表情。見到這種情形，我安慰她說：「妳這時擔憂病情惡化還為時過早，妳距離死亡還遠得很呢。」聽了我的話，她用力點點頭，漸漸又恢復平常有說有笑的樣子。

然而，此時的她，就連日常生活也需要人照顧，因此不得不拜託我找尋更加專業的醫院，也就是轉至允許看護陪床過夜的醫院。我經過多方努力，不久終於在豐橋市內找到一家符合上述要求，並且距離亞也家也非常近的醫院。

我最近剛從潮香女士那裡瞭解到兩年多沒有見面的亞也近況，另外，和我同一所大學的年輕醫生正好被分派至亞也所在的醫院，經過他所提供的情報，我可以得知：亞也還是老樣子，無論到哪裡都很受歡迎；看護阿姨當她像自己的孩子一樣，照顧得無微不至。

我經常對和亞也患同種病的孩子講起亞也的故事以示激勵，若問有誰從中受到最大的激勵？起碼單從現在看來，那個人或許就是我也說不定。

後記

母親・木藤潮香

這件事起源自去名古屋大學接受診斷、醫生告知病名以及伴隨病情發展將逐漸失去生活能力；還有，目前為止尚無有效的根治方法等殘酷事實。

或許每個家長的心情都和我一樣，希望自己的孩子是個例外，希望病情到此程度就會停止發展，總是不斷祈禱並呼喚奇蹟的發生。

望著相信一定能治癒，並且對此堅信不疑的女兒，身為家長究竟該怎麼做才好呢？以積極的態度面對事實，和她攜手共同度過此後的人生；作為支撐女兒不使她跌倒的擎天巨柱……我的腦中一片混亂，想要瞬間理順情緒，談何容易。

女兒和只剩一隻腳或一隻手的後天殘疾者不同，他們雖然身體部分殘缺不便，但仍然可以用身體其他健康部位代替，而我的女兒則是全身的運動能力都將逐漸喪失——無論大動作的運動（坐、走等）還是細微動作的運動（寫字、拿筷子等）。

雖然整個過程都是和殘疾戰鬥，但戰鬥方法卻必須根據症狀變化而隨機應變。

伴隨病情的發展，在不安和恐怖中我並沒有重新認識自己，不是努力、不是放棄，更不是鬆了口氣，而是眼看女兒一天天病情加重，最終徹底癱瘓在床。她的語言能力幾乎喪失殆盡，就連眼淚都無法自己擦拭，此刻的她，心中想的是什麼？她仍舊活著嗎？

面對就連如此簡單的表現能力都喪失殆盡的女兒，此刻的我，惟有感嘆已回天乏術了。

女兒患病第六年，變得無法一個人生活，她曾經在病房內將問題寫在筆記本上，質問我：「媽媽，我究竟是為什麼生存在世上呢？」

女兒面對艱難而努力不懈，頑強地竭盡全力戰鬥，竟然得到和期待的人生完全相反的結果——「喪失生存的價值、找不到生存的方式、只是成為拖累他人的廢物」。對此，身為媽媽的我深感自責。

「為什麼只有我的身體變成這樣？如果妳不把我生下來就好了。」除此之外，她再也沒有任何責備的言語。然而僅此一句話，又該讓身為媽媽的我如何回答才好？

無論是病情發展之初，還是從豐橋東高轉學至岡崎養護學校，以及從岡養畢業繼而變得無法走路，最後發展至需要聘請女看護……她的人生，沒有一點稱得上是一帆風順。

黑暗的隧道中，兩人共同伸出雙手挖掘出路。正在醫治鮮血淋漓的傷口時，眼前又出現了下一個障礙物。

我們想方設法從中尋求光明，好不容易找到光明所在時，心想：啊……這就是一直以來尋找的未來生存方式嗎？然而終點站依然很遠，真的太殘酷了。

女兒哭泣的時候，我也陪她一同哭泣。跌倒後努力試圖爬起來時，我也陪她一同哀傷。不能動彈後，她在走廊跌倒還拚命試圖活動身體的時候，我也在一旁打著拍子鼓勵她再接再厲。

我無法做到在孩子面前不掉眼淚的漂亮姿態。

我明白亞也遭受的艱辛和困難是多麼痛苦，這才是母親真正的「模樣」。然而，身為大人、作為媽媽，我卻不想讓她感覺自己和健康的弟弟妹妹們有差別待遇。

我盡可能不說「因為生病，這也沒辦法」之類的話。與此相反，我時常告誡女兒說：「身為殘障人士，除非實在無能為力，否則要盡可能多做作一些自己力所能及的事情。」區別在於：生病就如同背負了一件多餘的行李，而要不要一起背負這件行李前進，並不是自己能夠抉擇的事。

為了這件行李，亞也說：「她的人生就因此變了調。」我告訴她，這就是她的人生。為了使她消除為何只有自己不幸的褊狹想法，我買了許多人的疾病奮鬥史，並督促她每天閱讀。

「亞也現在做事越來越努力了，真讓媽媽感到吃驚呢。相對四肢健全、每天卻庸庸碌碌打發日子的媽媽來說，亞也了不起的生活方式才真讓人敬佩，媽媽從妳身上學到很多很多東西，最近還有不少朋友要來拜訪妳，要好好表現哦，妳最了不起了。」

這些打氣的話果然讓亞也鼓起了勇氣。她終於下定決心，親自找尋前文所提的問題答案（「媽媽，我到底是為何而生存呢？」），並認真整理這些年來對抗病魔所寫下的日記。如果這樣能拯救她厭世的情緒，並且給予她生存的希望，那麼我問心無愧。和藤田保健衛生大學的山本纊子醫生交換意見的時候，她也對此也深表贊同。

「我沒有可以向其他人誇口的生存方式，總是一直在哭泣。我只想趁身體還能動彈的時候多做一點力所能及的事，我不想在我的人生中留下遺憾。」

這是亞也勉勵自己的話。

亞也的弟弟和妹妹

藉亞也轉學去養護學校的機會，我對已成為中學生的弟弟和妹妹說：「距離徹底治癒仍然遙遙無期，搞不好再過幾年就有可能要媽媽每天照顧她。但是我一個人可以應付得來，你們只管為自己的將來好好打算就可以啦。此外，一定要注意身體健康哦。」

他們一言不發，聽得很認真。幾天後，亞也的妹妹竟然剪掉了她引以為傲的黑色長髮。

「為什麼要剪呢？」

「嗯……我只是想換個髮型而已啦。」

話雖這麼說，但從她之後的行為變化中，我感覺到她似乎已經找到了人生的目標，明顯成長了不少。

和亞也同房的期間，兩個人經常打架，我一直對她們無論什麼話題都能起爭執，總是無法和解而傷透腦筋。但是現在，當她親眼目睹了姊姊的生活方式——從乘坐輪椅轉變成癱瘓在床的全部過程後，她終於感覺到姊姊存在的寶貴，竟然成為亞也唯一的談話對象和心靈支柱。

她實現了亞也未能實現的夢想——自東高畢業，現在就讀於愛知縣立短期看護大學，正在努力實現真正屬於她的夢想——將來在姊姊身邊工作、照顧姊姊。

亞也的弟弟已經是成年人，總是直截了當地說：「媽媽，妳還好吧？別太勉強自己哦。」他打電話對我說。

「沒事的時候也來看看姊姊吧，她一定會很高興的。」

話雖這麼說，但想到上次來探病的時候，亞也喜極而泣導致嘔吐，他似乎心有餘悸。

「我還會去的……妳告訴她叫她好好加油。」果然還是心有餘悸。

在三重縣擔任警察兩年不到，他將薪水一點一點存在郵局開設的戶頭裡：「這就當作亞也姊的醫藥費吧。」他說完，放下存摺轉身就走，這或許是他表達關心的一種方式吧。

和身患絕症的亞也相比，我對她弟弟和妹妹的照顧的確稱不上周到。不知現在已經長大成人的他們如何看待我這個媽媽？然而回首細想：這些年來，我對亞也的照顧也稱不上周到，至於對她弟弟和妹妹的照顧，更是偷工減料。

聽人說，從小得不到關愛的孩子長大會記仇，讓逐漸年老的我有些擔心。將來照顧亞也的問題，我從未要求他們說：「以後就交給你們了。」然而，透過觀察他們的表現，我發現孩子們全都認為：媽媽死後照顧姊姊是理所當然的分內之事。

對我而言，再也沒有比這更值得欣慰的事了。

醫療

她的病根位於支配運動神經的小腦，由神經內科負責診斷。

發病初期因為去的是大學醫院，所以感覺很有信心，心情如同乘坐著穩健大船，不管路途多遙遠多辛苦，都堅持按時去醫院。然而伴隨病情發展以致無法自我獨立時，大學醫院卻以種種理由為藉口，拒絕接受女兒住院。

病情發展越嚴重，越希望能在設備和醫療體系完整的理想醫院接受治療，這本是人之常情，然而現在的制度卻不允許。

在「全天看護」的制度通過以前，醫院也拒絕看護全天陪床。如此一來，看護的負責領域究竟到何種範圍？照顧不周的地方又該由誰填補？這些都只能由家人每天去醫院協助，除此之外，別無他法。

但如果無法做到這點就不能住院，因此只得去拜託私立醫院。但因為女兒的病情特殊，肯接受她的人寥寥無幾。

起初經山本醫生介紹，承蒙於知立市的秋田醫院照顧女兒兩年有餘。但此地距離自家太遠，家人探望患者十分不便，每週去一次醫院即已筋疲力盡，因此不得不聘請看護。

住院時間不知會延續到何時，又出於距離自家越近越好的考慮，我開始在豐橋市內尋找醫院。首先電話商談，發覺對方有意願時，再前去說明具體的相關內容，然後辦理轉院手續。

承蒙豐橋市內的N醫院照顧女兒約一年的時間。

雖然有言在先：只要能掌握亞也的病情，其他的事都可以談。但坦白說，轉院之初，身為媽媽的我還是有些不安：真的沒問題嗎？痰堵塞喉嚨這種微不足道的小事都有可能引發呼吸困難，進而導致生命危險。如果遇到這種情形，你們能火速採取確切的救急措施嗎？

幸運的是，山本醫生教過的學生，現在成了亞也的主治醫生。在大學醫院時曾經和她見過面，心裡也放心許多。

今年六月，我們第三次轉院至豐橋市內的光生會醫院，現在仍然承蒙他們照顧我女兒。

起初，由於轉院引發的緊張和疲勞，亞也渾身僵硬，幾乎無法吃進任何食物。

外科醫生對我說：「如果下次再發生呼吸困難的症狀，就必須切開氣管。」

他說完，還特地親切地安慰亞也，在筆記本上寫了一句話：「別擔心哦，等到情況好轉就會立即縫上的。」該院的內科和外科向來擁有合作默契，此時就連復健治療室的主任醫師也前來參加會診。見此情形，我心裡踏實了許多。

只能在平日夜間或星期天前去醫院的我，很難和主治醫生碰面。所以每當輪到醫生值班的時候，我就拜託護士小姐及時通知，然後拿著寫滿問題的筆記本前往請教——關於家人的煩惱、亞也的問題……等，無不盡在其中。醫生總是不惜精力，耐心予以解答。因此引發我的信賴、感謝和尊敬之情。亞也的情緒也逐漸穩定下來，臉上終於浮現笑容。

此外，聽說她最喜歡的澡盆即將於近期內搬入醫院，使她又重新拾起對人生的新希望。

看護

有一件事情時常令亞也和我感到不安，那就是看護的問題。

我要是辭去工作專職照顧亞也，自然沒有這些問題。但身為媽媽，我還必須扶養她的弟弟和妹妹；而且隨著孩子們逐漸長大，教育支出、房屋貸款等經濟問題也必須和丈夫一同負擔，因此無論如何也不能辭職。

如此看來，勢必聘請看護不可了。

亞也的日常生活幾乎沒有一件事可以自己完成，她的說話難以理解，也只能通過手指文字盤來傳達意思。有時候手指還會突然僵硬，只能遠遠指向目的文字而無法做出進一步的表示。此外，她吃飯的速度異常緩慢，通常需要兩個小時左右。

照顧動作如此遲緩的重度殘障人士，需要非常大的耐心。

最初聘請的看護，是一位七十歲的老婆婆，她愛護亞也就如同自己的孫女一樣。和身為媽媽的我相比，老婆婆和亞也之間竟然更容易溝通。女兒的嘴唇只是稍微動一下，她就立刻心領神會說：「好好好，我明白了。」

「剛才……她想說什麼呢？」我在一旁小聲詢問道。

望著老婆婆手腳俐落地照顧女兒，我深感這真是一件令人尊敬的工作呀，有幸遇到這樣的好心人，除了感謝還是只能感謝了吧？

但自從轉院至豐橋的Z醫院後，情況就突然變得相當不樂觀。我已經不記得一年間究竟換了多少位看護了。

「亞也需要照顧的地方很多，可能會很辛苦喔。」這是我四處尋找能夠長期照顧女兒的看護時，最常說的一句話。

「這種程度的照顧，暫時看來還沒有問題啦。」起初，她們總是如此回答。然而，沒過多久她們都說：「令嫒真的很了不起，但我實在是無能為力了。」說完，就辭職離去，一連幾位都是如此。

在病歷交接時也是問題重重，根據看護協會的指示，在沒有合適人選之前，只能由家屬暫且擔當照顧，直到下一位合適人選出現為止。如此一來，女兒在醫院內出現任何問題，都只能打到我上班地點。有時感覺很疲憊，有時感覺力不從心；但想到女兒的病情，只有暫且忍耐。

每個月總是要請一兩回長假前往醫院，替代看護陪床。我為此耗盡精神，筋疲力竭。然而，每次聽說現在的看護要辭職，我即使心事重重，也仍然不得不立刻放下手頭的工作，前往醫院接班。

醫院也曾打電話給看護協會，希望他們積極配合。然而得到的回答卻是：沒有合適的人選也幫不上忙，看護協會對此並無須負責，只得打到最初的看護那裡去拜託對方。

「我說亞也的媽媽，已經找不到那麼合適的看護了，為了使她能夠長期接下去，妳就盡量幫幫她的忙吧。照顧亞也的工作可不輕鬆，不可能再找到其他人接手這個工作了。」T醫生把我叫去開導。

這不是在逼迫我嗎？和看護協會所說的「無須對此負責」如出一轍，這不是非要把弱者逼入死地不可嗎？讓我該如何是好呢？……

請站在我的立場考慮一下吧。如果連這些協助都做不到，我們今天千辛萬苦地轉到這裡也就失去意義了。

我也曾數次前去看護協會講明前因後果，期盼求得理解。

我不知道是否真的因為人手不足，或者照顧亞也太耗精力而無人應聘。但我只是不想讓已經看不到恢復希望的女兒，還得為病情以外的瑣事煩心。

於是，我只得開始找尋下一家醫院。

我懷著抓住救命稻草的心情打了通電話給光生會醫院，並和主任約好面談。

針對女兒的現狀、轉院的理由、家庭的情況等，我都一一詳細說明。

主任協助我快速辦完住院手續，然後打電話給看護協會（這次是H會，不是以前那間）協商派遣看護。聽說即日就可住院，感謝和欣慰的心情使我熱淚盈眶。

住院當然以治療為中心，但鑑於患者的特殊背景，使得阻礙病情康復的問題接二連三不斷發生。

家長當然不可以一味放縱患者，必須和醫生一起站在各自的立場，通過各種方式給予患者生存的信念。以治癒頑症，回歸正常社會為目標，大家同心協力。現在住進光生會醫院，我終於敢放心地說——此後終於可以專心於治療了。

另外，二十四小時和病人共同生活的女看護之人品，對病人影響甚大，我對此感受很深。

對於照顧自己的看護從無怨言的女兒，那天突然對我說：「媽媽，看護阿姨她威脅我。」

「她說要丟下我回家去。」

「我每天只能吃兩三口東西，到晚上肚子好餓。」

她說：「反正妳的病也無法治好了。」

女兒拚命活動僵硬的手指，這幾句短短的話，竟然費時數十分鐘。

我每次前來醫院探病時，從來沒有對看護表現出任何不滿的態度。然而，亞也為什麼日漸消瘦、身體僵硬到無法進食，以致現在必須通過鼻胃管（在鼻子裡插入管子，輸送營養直達食道）來維持生命？這孩子並不寄望長壽，只是想努力阻止病情惡化，盡可能延長生命。每天如坐針氈的醫院生活，並不在亞也非得忍耐的義務範圍內。

「這孩子絕對稱不上任性，也從來沒有任何奢望。她的心是纖細到即使因為夜裡內急叫看護起床，也會感到十分內疚。這樣好心的孩子現在都忍不住向我控訴看護的事，可見她做的事情有多麼過分了。希望妳明白，孩子是在忍無可忍的情況下才告訴我的。」我鼓起勇氣對護士小姐說道。

數日後，一位年輕的看護取代了原本的那一位。

起初兩、三天，因為她對女兒的病情不是很瞭解，所以看起來總是相當緊張。但是，沒過不久，女兒身體僵硬的病症就幾乎全部消失了。

吃飯雖然還是需要花費很長的時間，但看護小姐說：「伺候亞也吃飯本來就是我分內的工作。」她總是耐心服侍女兒吃飯，吃完還不忘擦嘴洗臉，有時甚至還給女兒化點小妝，使亞也總是一副心滿意足的樣子。

現在，謝謝這位小姐依然繼續照顧我的女兒。她幫助亞也起床，用輪椅推著女兒四處活動。感謝她，為亞也每天的生活帶來變化和喜悅——有時距離病房很遠，就能聽見裡面傳來陣陣歡笑聲。

長期醫院生活，使得這裡已成為亞也的第二個家。對女兒來說，這裡就是她生活的全部。

而跟她一起生活的看護，對她而言就像是一個家庭裡的母親一般。

遇到看護因事外出，數小時後才趕回來時，亞也的表情總是相當開心，毫不隱瞞發自內心的喜悅之情。

無法和常人一樣體驗平凡的幸福，亞也苦難的人生宛如含苞夭折的花朵，此後亦將繼續在痛苦中度過。然而，在醫院醫生為首的全體職員呵護下，加上看護小姐給予的溫暖和關照；我祈求亞也在有生之年內能夠渡過像現在這樣清爽、幸福的日子，哪怕再多擁有一天也好。

藉由報紙的新書報導，我們不但接到來自各地的鼓勵，還再次遇到久未聯絡的恩師——岡本老師。和舊識相逢，喜悅之情難以言喻，謹在此呈上我發自內心的感激。

昭和六十一年一月

追記

在二十五歲零十個月的那天，亞也短暫的人生就此畫上了休止符。

昏迷不醒、呼吸停止，即使面對這些突如其來的危機，亞也的心臟彷彿述說著：「還要加油！不能就此停止！」而繼續頑強跳動。

借助人工呼吸器往體內輸送氧氣以維持生命，亞也的表情很安詳，看起來彷彿在熟睡一般。

我多希望她可以突然睜開雙眼朝我微笑，哪怕只有一次也好，我好想透過眼神做母女間最後一次的交談。

「亞也，看看媽媽好嗎？摸摸媽媽的手，感受到溫暖了嗎？」

透過觀察症狀，我們縱使已明白回天乏術這個事實，但還是希望她可以像以前一樣，克服重重苦難頑強地挺過來。讓她以這種方式結束一生，對她豈不是太殘忍、太可憐了嗎？這次難道是真的永別了嗎？亞也，不可以不跟媽媽說話唷……亞也，妳聽見媽媽對妳說的話了嗎？無論怎麼呼喚或撫摸，亞也再也沒有絲毫的反應。

她的弟弟、妹妹、爸爸，還有我，只能在一旁默默守候，無法給予任何幫助。我們竟然連一點痛苦都無法幫亞也分擔，我痛苦到連身體都抽搐了起來！

從亞也的血壓下降那一刻開始，她的心臟就像氣力用盡一樣，跳動得異常緩慢。我告訴自己：亞也和這個世界告別的時刻終於來了……

在她即將結束生命的此刻，她心裡想要的未來是什麼樣子呢？

我打開她放在枕邊最愛的錄音機。

深夜裡，為了不給同病房的其他患者添麻煩，我將音量調到最小，在父母、妹妹和弟弟們的看守下，靜聽悠揚的古典樂輕柔飄蕩在房間內……此時，心電圖的波形已變成一條直線。

「我啊，想要躺在有花朵盛開圖案的絨毯上，聽著自己最喜歡的音樂靜靜離開人世……」

我的耳邊，繚繞著她健康時曾經說過的話。

昭和六十三年五月二十三日，凌晨零點五十五分，亞也與世長辭。

母親．木藤潮香

此作品的原始出處，源自木藤潮香女士重新抄寫亞也隨病情發展而無法辨認的文章，在稿紙上整理而成。原作由「ＦＡ」出版社於一九八六年二月出版發行。本書則是加以文章化。

亞也已於書籍出版後的一九八八年五月二十三日凌晨零點五十五分，在全家人的守護下永遠離開人世。若想進一步瞭解病情惡化至無法寫日記的亞也，請見木藤潮香女士的著作《生命　障礙》：一公升　眼淚──母親潮香的手記。

寶書版集團
gobooks.com.tw

TN 304
一公升的眼淚
1リットルの涙
作　　者　木藤亞也
譯　　者　明珠
責任編輯　吳珮旻
封面繪者　小河少年
封面設計　林政嘉
內頁排版　賴姵均
企　　劃　鍾惠鈞
版　　權　劉昱昕

發 行 人　朱凱蕾
出　　版　英屬維京群島商高寶國際有限公司台灣分公司
　　　　　Global Group Holdings, Ltd.
地　　址　台北市內湖區洲子街88號3樓
網　　址　gobooks.com.tw
電　　話　(02) 27992788
電　　郵　readers@gobooks.com.tw（讀者服務部）
傳　　真　出版部　(02) 27990909行銷部 (02) 27993088
郵政劃撥　19394552
戶　　名　英屬維京群島商高寶國際有限公司台灣分公司
發　　行　希代多媒體書版股份有限公司/Printed in Taiwan
初　　版　2023年 10 月

國家圖書館出版品預行編目(CIP)資料

一公升的眼淚/木藤亞也作；明珠譯. -- 二版. -- 臺北市：英屬維京群島商高寶國際有限公司臺灣分公司,
2023.10
面；　公分. -- (文學新象；TN 334)

譯自：1リットルの涙

ISBN 978-986-506-839-4(平裝)

861.6　　112015955